疯人演绎法

LUNATIC DEDUCTION

方洋 著

中国友谊出版公司

[目录 CONTENTS]

引子...001

第一个案例
南大模仿犯...003

第二个案例
矛盾的阶梯...031

第三个案例
天才弑母案...053

第四个案例
疯狂虐猫人...083

第五个案例
庄周梦蝶事件...113

第六个案例

密室里的傀儡...133

第七个案例

午夜凶铃事件...161

第八个案例

精神病毒变异...177

第九个案例

圣母的救赎...195

第十个案例

鸢尾花的复仇...217

人有的时候,
要尊重自己内心的公义。

本书部分内容取材自真实案件，
但故事纯属虚构，
切勿对号入座。

引 子

听完这段秘密录音，我的思绪一片混乱。

原来罗谦辰是王国伟局长秘密安排在监狱里的警方线人。

他真的没有杀妻？

这究竟是一个怎样的卧底计划？一个绝密到只有王国伟局长和省公安厅厅长两人才知道的计划！

计划中提到的那个要对我不利的犯罪组织究竟是什么？

录音文件是在陈峰的遗物中找到的，也就是说，他早已知道了罗谦辰的身份。

但是，从他三本刑侦笔记的第一本内容来看，计划实施的第一年，他并不知道这个卧底计划，更不知道罗谦辰的线人身份。

那么，罗谦辰的身份是何时向他公开的呢？

第二年，他们又共同经历了一些怎样离奇的案件呢？

我这么想着，翻开了陈峰的第二本刑侦笔记……

第一个案例

南大模仿犯

第一个案例
南大模仿犯

这是一桩冷案,一桩迄今为止未被侦破的悬案。

十六年前,我刚从警校毕业,被分配到市局刑侦支队。那时候,我还只是一个初出茅庐的小警员,除了在学校里学到的那点纸上谈兵的知识,其他的可以说是啥也不懂。

黄朗是和我同一天入职的,他是我在警校的同学,在宿舍睡上下铺,是同吃一碗泡面的关系,可以说铁得很。

不过他这人吧,大家都知道他脾气火暴。在警校的时候,有次被分配到市区派出所实习,当晚巡逻抓小偷,他可比谁都勇猛,一个飞毛腿上去,就把小偷踹翻在地。所长把这事儿反馈给了警校的校长,校长得知此事,决定对黄朗给予奖励。

竟然奖励了他一个负重万米的长跑!

为什么?

因为黄朗当场就把那个小偷摁在水泥地上,一顿暴捶,差点儿没把人给打死。

黄朗因此受了处分,但好在瑕不掩瑜,这人虽然脾气不太行,但综合搏击成绩与刑事侦查成绩却一直在警校名列前茅。

当时带我们的老队长付兴盛是一个经验丰富的老刑警,很会看

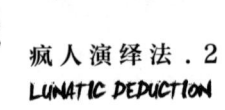

人,我们入职那天他叼着烟,吞云吐雾地对我们俩说:"小陈啊,我看得出来,你这个人沉着、冷静,有办案思维,但是观察力和搏击能力有所欠缺;小黄啊,你呢,啥都行,什么观察力啊、侦查能力啊、搏击能力啊,成绩都非常好,就是吧,脾气太大,稳不住自己的情绪,这样是很影响办案的。"

黄朗当时就急了:"付队,你不会是要开除我吧?那个小偷不该打吗?偷人东西,就是该打,我反正觉得我没打错!"

付兴盛喝了一口茶,咳嗽了两声道:"你看你,你看你,我说开除了你吗?你呀你呀,就是性子急。"

黄朗道:"那、那您为什么……"

付兴盛摆了摆手道:"我的意思是小陈的沉稳、冷静,正好能够和你那臭脾气形成一个互补,正好你们俩在警校又是上下铺,关系想必不错,所以我是想让你们两个做搭档。"

黄朗哈哈大笑:"付队,您是这个意思啊!您早说啊,这我可就放心了!"

从那以后,我和黄朗就是搭档,可没想到我和黄朗初次搭档,就接触到了那起震惊全国的碎尸案。

我记得当时是一月,快要过年了,下过一场雪,天气格外寒冷。那天清晨,我几乎是被一连串的电话声从被窝里叫醒的。而后,我便下了楼,上了黄朗的车,火速前往案发现场。

案发现场位于市中心的南桥路,报案人是一名清洁工。

付队早已经抵达现场,我们俩感到惭愧,竟然到得比领导还晚。本以为付队会批评我们,但他却只是向我们点头示意,什么也没说,面色凝重。

第一个案例
南大模仿犯

我们穿过封锁带，便看到地上放着一个敞开的包裹，而那包裹当中装满了煮熟的肉片，肉片堆里伸出了三根手指。我立马就是一怔，因为那是人的手指！

更令人感到恐怖的是，手指只剩下皮囊，里面的骨头被完整剥离，消失得无影无踪。

而后，我们分别在坐岗路和天王山发现了一个提包和一个被单包裹，里面同样装满了煮熟的肉片。

经过法医的细致检验，确定肉片加起来一共两千多片，切片手法非常细腻。

当时是二十世纪九十年代，我市公安局还没有DNA检验技术，法医通过肉片上的一些人体组织特征，确定死者是一名女性。

而后，我们通过大规模排查，迅速确定了死者的身份——我市南方大学成人教育学院一年级女生肖爱英。

可是这个肖爱英性格孤僻，日常活动范围也主要集中在学校或学校附近，社交圈子很窄。在对她可能接触到的一切社会关系进行摸排之后，确定凶手并不在肖爱英日常有所交集的人群中。

或许，肖爱英有一个隐秘的社交圈子是不为人知的，又或许凶手与肖爱英完全就是陌生人。

直到现在我们都没能确定凶手的身份，也无从知晓肖爱英被害的原因。十六年来，这个案子就像是一根芒刺一样，死死地扎在每一个人的心头，时不时地让你感到隐隐作痛。

我曾经询问过罗谦辰对这个案子的看法，他也只是摇了摇头说："都过去十几年了，当年的现场痕迹早就没了，物证也多半销毁，人证更是无从找起。在没有任何证据形成逻辑链的情况下，我也只能表

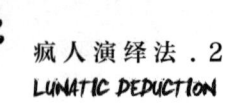

疯人演绎法.2
LUNATIC DEDUCTION

示无能为力。"

我本以为这起碎尸案给这座城市所带来的血色恐怖,已经随着时间而被彻底抹平。可是没想到,一模一样的案情在十六年后的今天发生了。

今日清晨,冬末的最后一股寒流从城市的街头巷尾涤荡而过。我刚刚经历了龙敏离世的伤痛,而黄朗则在这巨大的悲痛中申请了休假。为了弥补黄朗的空缺,我临时让自己的徒弟程东铭暂时作为我的搭档协助我破案。

案发现场位于南桥路,一听到这个地名,我的内心就充满了不安。当我抵达现场时,这种不安的躁郁感被彻底推上了顶点。

现场已经拉起了警戒带,警戒带外聚满了围观群众,民警们在维护着现场秩序,保证案发现场不被破坏。

我穿过人群,亮出警官证,撩开警戒带,映入眼帘的便是一个黑色的手提包,手提包的拉链向外拉开,露出了里面一片又一片堆叠整齐的肉片。

而在肉片当中,三根手指赫然躺在那里,那是人的手指!

我倒吸了一口凉气,这时,程东铭来到我身旁,对我道:"师父,情况是这样的,今天清晨六点,一名环卫工人在这条街打扫卫生的时候,发现了这个包裹,一打开,发现里面全都是煮熟的肉片,他一开始还以为是猪肉,直到看见了那三根手指,于是吓得立马报了警。"

我没有说话,过了一会儿才开口道:"一模一样,真的是一模一样!"

程东铭一脸诧异:"师父,什么一模一样?"

我深吸了一口气道:"南大碎尸案!这个凶手的作案手法和十六年

第一个案例
南大模仿犯

前南大碎尸案的作案手法几乎完全重叠!"说到这里,我突然想到了什么,于是立马对程东铭道,"去坐岗路。"

程东铭问:"去坐岗路?"

我道:"别多问,走!"

随后,程东铭开车载着我前往坐岗路。

程东铭一边开车一边问:"师父,咱们不是在南桥路办案吗,干吗突然去坐岗路啊?"

我道:"因为当年南大碎尸案,凶手还有另外两个抛尸地点,一个在天王山,另一个就在坐岗路。"

同时,我派了另一队人马前往天王山。

当我们抵达坐岗路时,已经是上午九点。坐岗路位于闹市,人来人往,我凭着记忆,领着程东铭来到了当年发现尸块的地方。

可是,那里却空空如也。

程东铭道:"师父,不在这儿,您还是太敏感了,那个案子都过去十六年了……"

我抬起手,示意他别说话。

我看到人群中有一个看上去五十多岁的女人,正提着一个黑色的手提包,朝着坐岗路的北端走去。

那个手提包鼓胀得很大,看上去极不寻常。我立马一个箭步追了上去,拦在了那女人面前,向她亮出了警官证:"不好意思,警察办案,我能检查一下你的手提包吗?"

女人吓了一跳,将手提包扔在地上:"哎呀,领导、领导,这个手提包是我刚刚在这条街上捡到的,里面不会藏了什么毒品吧?我……我可不是贩毒的啊!"

程东铭跟了上来,弯下腰将手提包打开,不出所料地露出了里面的肉片。

我问:"这包你打开看过?"

女人点了点头道:"看过啊,一些煮熟的猪肉,放在那里没人要,我准备捡回家去喂狗呢!家里的好肉不舍得给狗吃,这捡来的便宜嘛,就不一样了。"

程东铭将手提包拉上,对女人道:"我想……你得跟我们先回局里走一趟了。"

女人吓了个半死,跟着我们上了警车,一路上都在喊自己是被冤枉的。

在我们返回市局的时候,另一组的同事也如我所料地在天王山发现了用被单包裹起来的肉片。

我们为了验证女人的话,专门调取了监控录像,证明了她所言属实。那个黑色手提包的确是她捡到的,而地点正是在坐岗路当年南大碎尸案的抛尸地点。

我们发现,一直到今天清晨六点,那个包裹都在那儿,可是六点之前,由于天色很黑,整座城市都起了能见度不到一米的浓雾,所以三个抛尸地点均没能拍下凶手抛尸的画面。浓雾是凌晨一点起的,而在这个时间点之前,监控摄像头并没有拍到有人抛尸的画面,所以只能判断,凶手分别于三地抛尸的时间在今天凌晨一点到清晨六点之间。凶手故意选好大雾天气,目的就是避开天网系统。

一直到深夜,法医鉴定中心的验尸结果终于出来了。

法医陈小芸是刚从省厅下派到我们市局的,王局点名要的人,专门来顶替由于龙敏牺牲而造成的职务空缺。

我走到法医学解剖室门口的时候，陈小芸便看见了我，她用毛巾轻轻擦拭了一下额头上的汗，面带微笑朝我走了过来："陈队，不好意思啊，让你久等了。"

陈小芸为人十分温婉，这点和龙敏那有些大大咧咧的吃货性格形成了鲜明对照。

她轻轻地将一份验尸报告递给我道："陈队，这次的案子……我想，和你之前所担心的是一样的。经过我的细致检查，包裹里的肉片全都为人体组织，尸块一共有两千多片，全都经过高温烹煮，而且凶手切片的手法极为细腻，达到了外科手术级的水准。"

我看着陈小芸的脸，有些发愣。法医学解剖室里，昏暗的白色灯光下，她那张脸显得与这阴森的背景格格不入。

她的脸应该存在于晚秋山腰间飘零的枫叶雨前……

"陈队？"

我有些恍神，陈小芸温柔的声音将我拉了回来。

只见陈小芸微微一笑道："陈队，怎么了？看来一定是办案太辛苦了。"

我不好意思道："没有没有，请你继续说。"

陈小芸点了点头道："根据DNA比对，我们可以确定这些肉片全都来自同一个人，根据染色体检测，可以得知死者是一名女性。根据肉块中死者的骨骼，通过骨龄鉴定法，可以大概得知死者的年龄在二十岁左右。"

我问："尸块上有没有留下可疑痕迹，例如疑似凶手的指纹、精斑之类的？"

陈小芸摇了摇头道:"这些都没有。尸体经过高温烹煮,完全毁灭了尸块上的作案痕迹,并且因为尸体样本遭到了烹煮,人体组织结构在这个过程中相当于遭到了不可逆的损坏,所以我很难通过常规验尸手法判断死者的具体死亡时间,只能大概推测出死亡时间应该就在这十天内。"

听完陈小芸的叙述,我更加确信,十六年前的南大碎尸案又在本市重演了!

我立即根据验尸报告中的情况,开始排查,很快便查询到一起三天前的失踪报案。报案人名叫吴可欣,女,二十岁,是我市南方大学成人教育学院的一年级学生,她于三天前的晚上七点向该辖区派出所报案称,她的舍友赵艺南失踪了。

而这个赵艺南,年龄也刚好在二十岁,更令我敏感的是她所就读的学院名字——南方大学成人教育学院!

这也正是十六年前南大碎尸案死者肖爱英所就读的学校,肖爱英死亡时,也年近二十岁。

我立马联系上了赵艺南在北方老家的父亲赵胜利,次日下午,赵胜利赶到我市,我们对他提取了DNA。通过和尸块上的DNA进行比对,我们确认死者就是赵胜利的女儿赵艺南。

赵胜利得知女儿的死讯,当场晕厥了过去。我命人将赵胜利安顿好,而后去了一趟南大成教学院。

在那里,我见到了赵艺南的舍友吴可欣。

吴可欣对我说:"一周前,也就是上周日晚上七点多钟,赵艺南说要出去一趟,结果就再没回来,人也联系不上,QQ、手机、微信什么的，全都联系不上。我等了三天，还是找不到她，就报了警。"

我问："为什么是你去报警，别人没发现赵艺南失踪了吗？"

吴可欣道："我们宿舍只有我们两人住……"

我问："我不是这个意思，我是说赵艺南三天没上课，学校里的老师没注意到吗？"

吴可欣道："哎呀，我们学院——成人教育学院，学生旷课是常有的事儿，老师们早就习以为常了，根本不会管。"

我问："赵艺南这个人平常和校外人士结交得多吗？她的社交圈子是怎样的？"

吴可欣道："哎呀，她哪有什么社交圈子啊？赵艺南这个人，性格很孤僻的，平常也没什么朋友。我算是她为数不多的朋友之一了。其实，可以去掉之一，她要说我是她唯一的朋友我都信。"

我问："那她平常的活动范围是怎样的？她有什么爱好或者习惯吗？"

吴可欣道："她平常……也基本都在学校里待着，经常逛学校图书馆，喜欢看书，看书时也是一个人待着。偶尔会跟我出去吃个饭、看个电影什么的，但也都是仅限于我们俩一块儿。校外活动范围，基本也都在学校周围，走不了太远，她不太愿意走路、坐公交、挤地铁什么的，太远的地方她不想去。"

我问："她有过恋爱经历吗？"

吴可欣摇了摇头道："恋爱？据我所知，她是母单至今。"

我道："什么至今？"

吴可欣笑了笑道："哎呀，就是从娘胎里生下来就单身至今的意思啦！警察大叔，话说你们找到赵艺南啦？"

吴可欣以为我是来了解赵艺南失踪案的，涉及赵艺南死亡的案

情，我现在自然不能对吴可欣说。

我摇了摇头，没说话，只说了声："谢谢你提供的线索。"而后，转身就走了。

我又找到学校里的一些老师了解情况，他们所言和吴可欣基本一致。赵艺南是一个很孤僻的人，没什么社交活动，向来独来独往。

我发现赵艺南的性格，也和肖爱英极为相似。

赵胜利醒来后，待他情绪稳定，我向他了解了一下赵艺南的家庭情况，得知赵艺南很小的时候，母亲就病逝了。他们是农村人，赵艺南从小就帮着父亲在家里务农，帮着把地里种的菜拿到集市上去卖。赵艺南学习很刻苦，但是成绩一直不算好，高考失败，自修了两年，进了我市南方大学成人教育学院。

我调派警力，对赵艺南平常可能接触到的所有人，进行了逐一排查，最终并未发现具备作案条件的人。

看来，本案并非熟人作案？

或许，赵艺南隐藏着某个不为人知的社交圈子？又或许，凶手真的和赵艺南完全不相识，只是随机作案？又或许，凶手是在模仿十六年前南大杀人案的作案手法？

又或者本案凶手，就是十六年前南大杀人案的真凶？

我带着这些疑问，前往监狱，再一次找到了罗谦辰。

罗谦辰看完了我提供的案卷材料之后，冷静地对我道："我们不要着眼于赵艺南的社交圈子是怎样的，赵艺南是被熟人杀害还是被陌生人杀害，这些都不重要。重要的是，凶手杀人的动机是什么，他为什么会采用这样的手法杀人？"

我道："我怀疑凶手是在模仿十六年前的南大杀人案，又或许凶手

第一个案例
南大模仿犯

就是南大杀人案的真凶。"

罗谦辰摇了摇头道:"我们按照模仿犯来推论,凶手为什么要模仿南大杀人案?一般的模仿犯会是怎样的心态?要么,他是对原案件作案凶手的崇拜,要么就是对案件本身的崇拜。这种崇拜,导致他想要模仿犯案。而崇拜的源头,多来自原始案件的新闻材料,以及一些文艺类作品的演绎。但是,一般的模仿犯,心理实际是比较幼稚的,他们模仿案件的原始出发点,就是一种崇拜性的冲动和炫耀。而本案的凶手,能够做到将尸体细腻地切割成两千多片,经过烹煮,并且整齐地码放好,有条不紊地抛尸三地,并且消失在人们的视野中,这说明本案凶手是一个非常沉着冷静的人,绝对不是那种冲动或者盲目崇拜者。单纯的模仿犯,可以模仿到本案的作案过程,但是如此细致的作案手法所需要的心理基础,是一般模仿犯无法具备的。模仿犯只能模仿其形,无法模仿其神。"

我道:"所以你认为凶手并不是模仿犯,而的确就是十六年前南大杀人案的真凶?"

罗谦辰沉默了片刻道:"可能也不是。有个细节是有差异的,我想你应该注意到了。"

我问:"你是说……骨头?"

罗谦辰点了点头道:"是的,十六年前南大杀人案,现场只有肉片,没有找到被害人肖爱英的骨头。但是这次,你们是从骨龄分析出死者年龄的,说明这次的现场是有骨头存在的。这个细节和十六年前对不上。"

我道:"也许是他这次忽略了,毕竟都过去十六年了。"

罗谦辰道:"像南大杀人案的凶手,这种人如果真的要第二次作

案,是不会忽略掉这么关键的细节的,因为他将死者肖爱英的肉完整地切割下来,骨肉彻底分离,一定是有其目的的。至于这个目的是什么,我在这里就不做分析了,但我能肯定的是如果这个目的不存在,他就不会进行第二次作案。可这次碎尸案,杀害赵艺南的凶手并没有特地做骨肉分离的处理……"

我道:"这不就证实了你之前所说的吗?一个模仿犯,只能模仿其形,不能模仿其神,或许没有骨肉分离,正是这个模仿犯的水平问题,无法模仿到原始案件的神韵。"

罗谦辰微微一笑道:"可是尸块的切割手法都很细腻,不是吗?如果这是一个不知道如何进行骨肉分离的模仿犯所为,那么,他的分尸手法应该非常粗糙才对,不可能如此细腻。"

我觉得罗谦辰的分析存在盲点,他忽略了凶手可能从事的职业,如果凶手是一个外科医生或者刀工精湛的厨师呢?我并不认为这种纯技术的活儿需要和凶犯的心理联系到一起,但我保留了自己的观点,按下不表。

我问:"那照你这么说,凶手既不是模仿犯,又不是当年南大碎尸案的真凶,那到底会是谁呢?你把这两种可能性都给排除了,似乎并不存在第三种可能啊。因为抛尸地点全都吻合,作案手法除了细节不同,大致也全都相同,死者的年龄也和肖爱英一致,并且全都就读于南方大学成教学院。这两起案件,怎么看都是有关联的。"

罗谦辰道:"我认为,凶手本人并没有主观上模仿南大碎尸案。"

我道:"什么意思?并没有主观上模仿,难不成是巧合?那也太巧了吧?"

罗谦辰道:"我是说,凶手并不知道自己的作案手法雷同于南大杀

第一个案例
南大模仿犯

人案的作案手法,是有人指使他这么干的,而指使他这么干的人,又恰好不知道那个细节,那就是真正的南大杀人案现场没有发现被害人骨头的这一细节。"

我感到震惊:"你是说,这个案子的凶手不止一个,还有一个幕后指挥?"

罗谦辰点了点头。

我问:"你认为凶手会是什么人?"

罗谦辰道:"正如你们对十六年前南大碎尸案的推测那样,本案的凶手很有可能是一个外科医生或者厨师,但我更加倾向于外科医生的可能性,并且,凶手应该是一名医学院的博士甚至是教授级别的人物。"

我问:"那幕后指挥呢?"

罗谦辰沉默了半晌,若有所思道:"我现在告诉你,你是不会相信的,需要你自己去发现。"

我道:"会不会和之前的一些案件一样,幕后指挥利用某种方式,例如催眠的手法,对这名可能为外科医生或是医学院博士、教授的凶手进行了精神控制,然后教唆他去杀人?"

罗谦辰摇了摇头道:"没有那么玄乎。这个幕后指挥者很有可能只是和凶手达成了某种交易。"

我道:"什么样的交易能够让一个教授级别的人物冒着死刑的风险去杀人碎尸?"

罗谦辰笑了笑:"我说过等你抓到他,你就知道了。我现在告诉你,你是不会相信的。"

虽然我根本不知道罗谦辰是如何得出这个结论的,但我还是决定

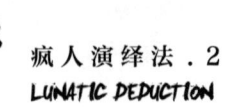

疯人演绎法.2
LUNATIC DEDUCTION

死马当作活马医,开始调配警力,对市里各个大学医学院的硕士、博士和教授级别的人进行调查,尤其是对南方大学医学院进行了重点调查。

很快,我们在南方大学锁定了一个重大嫌疑人——南方大学医学院临床医学系教授薛国清。

薛国清,男,今年五十岁,四十一岁开始担任该学院正教授职务,除了教学工作,他最多的日常活动就是带着自己的三个博士研究生和两个硕士研究生在医学实验室里做研究。

有学生反映,看见薛国清和赵艺南有过多次接触,好几次是在图书馆,薛国清还带赵艺南去过他的医学实验室。

而赵艺南只是南方大学下属成人教育学院的经管系学生,可以说在专业领域是和薛国清八竿子打不着的。

我和程东铭一同前往南大医学院,在实验室外的办公室里见到了薛国清,当时他正在和一个年轻男子交流着什么。薛国清声调很高,应该是在责骂年轻男子的论文有诸多错误云云,年轻男子只是默默地听着,而后便走出了办公室。

我们站在走廊里,看着他离去,这时薛国清朝我们走过来,问道:"二位是……"

我们亮出了警官证。

薛国清深吸了一口气道:"你们是为赵艺南的案子来的?"

我们点了点头,随后进了薛国清的办公室。

我问薛国清道:"刚才那个年轻的男子是您的学生?"

薛国清点了点头道:"我带的一个博士研究生,论文中错误不少,让他回去修改了。"

我点了点头道:"事情是这样的,我们听说,你和赵艺南在学校里

第一个案例
南大模仿犯

有过多次接触，而且还带她到你的实验室来参观，是有这么回事吧？"

薛国清沉默了半晌，点了点头。

程东铭问："你为什么要和赵艺南接触？她并不是你们院系的学生。"

薛国清叹了口气说："这孩子很爱学习，我是在图书馆看到她的，她老是抱着一本医学解剖书在看。我在医学院没见过这个学生，出于好奇，就上前问她，得知她在成教学院学经管，但一直有个当医生的梦想。我和她交流了几句，还挺喜欢这孩子的，就经常空闲了教她一些医学知识，带她来实验室也是因为她想见识一下我们的工作环境。"

我问："你和赵艺南接触多久了？"

薛国清道："也没多久，半年左右吧。"

我问："除了你说的这些，你和她在校外接触过吗？"

薛国清摇了摇头道："这肯定没有啊。"

我问："这半年来，就你的接触来看，赵艺南有什么异常情况没？"

薛国清摸了摸下巴："异常情况？好像没有。"

我又问："那她有没有接触什么异常人士？"

薛国清尴尬地笑了笑道："这我怎么知道？人家姑娘的私生活我怎么好去打听？"

我问："赵艺南最后一次离校的那天晚上，你在哪里？"

薛国清道："哪天？"

程东铭道："这个月的九号。"

薛国清道："稍等，我看下工作表。"

说着，他掏出手机，对了一下工作表，而后说："哦，那天晚上我和学生在实验室做实验，做到第二天凌晨五点半才结束，监控可以证明这一点。"

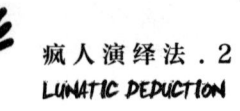

随后,我们调取了实验室的监控,证明了薛国清所言属实,但并不能完全排除他的作案嫌疑。

次日,薛国清失踪了,他没有如期去学校上课和做研究,他的家人、学生以及学校的其他老师全都联系不上他,他的手机处于关机状态。

我们怀疑,很有可能是昨天的问话打草惊蛇,薛国清畏罪潜逃了。于是,我们调派大量警力,开始全城搜捕薛国清。

三天后,我们在天王山的山沟里发现了薛国清的尸体,同时,我们在他的衣兜里发现了一封遗书:

> 我杀了赵艺南!实在抱歉!背负如此沉重的血案,比什么都难受!得失成败毁于一旦!

经过字迹专家比对,这确实为薛国清的字迹无误。

看来薛国清果然因为杀害赵艺南而不堪承受压力畏罪自杀了。

可是当罗谦辰看到遗书内容时,却笑了起来,他说:"你把这封遗书每句话的第一个字念出来我听听。"

我念了出来:"我、实、背、比、得。"

我立马反应过来:"我是被逼的!"

罗谦辰点了点头道:"很显然,薛国清不是凶手,真凶为了将自己杀人的事实嫁祸给薛国清,逼迫他写下承认杀害赵艺南的自白书,而后将他推下天王山的悬崖。只是凶手百密一疏,忽略了薛国清写下的其实是'藏头诗'。"

我道:"可是,凶手为什么要向薛教授下手呢?难道说,凶手和薛

第一个案例 南大模仿犯

教授认识?"

罗谦辰道:"没错,凶手的确是薛国清的熟人。而且,薛国清失踪的时间,是在你们去学校调查他之后的深夜,他在下班回家的路上就失踪了。那么,既然凶手要嫁祸给薛国清,必然是听到了什么风声,他在当天就得知警方向薛国清问过话,并且清楚警方可能怀疑薛国清,于是,这种嫁祸就变得顺理成章起来。所以那天,知道你们向薛国清问过话的人,就很有可能是凶手!"

那个学生?!那天我们着便衣来到薛教授的办公室门口,当时那个学生在,也只有那个学生知道我们向薛教授问过话!

他当时一定躲在门外,听到了我们的对话!

由于监狱离市区很远,我立马打电话联系程东铭道:"小程,你现在带几个人,立马去一趟南方大学医学院……上次那个学生……对,就是我们去找薛教授问话那天在办公室里看到的那个博士研究生,去学校找到他,把他带回市局!他有重大作案嫌疑!"

我离开监狱,驱车直奔南方大学,可就在我距离南方大学不到五公里的时候,手机响起,里面传来一名警员急促的声音:"陈、陈队,我们抓到那小子了,只是、只是……"

我立马问:"只是什么?"

警员说:"只是在抓捕过程中,程东铭的脖子被那小子用手术刀捅了一下,现在……现在人已经紧急送往医院了!"

我紧张地大吼道:"哪家医院?"

随后,我前往那家医院,却得知了程东铭的死讯。

大动脉出血,失血过多休克,在送到医院后,还未来得及抢救就殉职了。

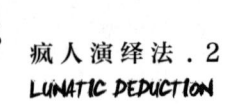

疯人演绎法.2
LUNATIC DEDUCTION

我通知了程东铭的家人，他的父母跪在儿子的遗体前哭号着，我无法面对这样的场景，眼泪也忍不住落下来。

我的内心感到非常自责，同时也非常愤怒，我自责于没有保护好程东铭，愤怒于凶手的残忍。

回到市局后，我立即亲自提审了那小子。

那小子看上去十分冷静，双颊消瘦，一副冷漠的态度。

我强压着心中的怒火，开始了例行问话："姓名？！"

他冷冷道："崔浩。"

我继续问："年龄？！"

他道："二十三岁。"

我道："二十三岁，博士研究生？"

他道："硕博连读，硕士研究生一年，博士研究生四年，我现在刚好是博士研究生的第一年。"

我道："厉害啊！"

他没有表情。

我道："说吧，你为什么要杀害薛教授，还意图将杀害赵艺南的罪名嫁祸给他？"

崔浩耸了耸肩道："我听不懂你在说什么，薛教授不是自杀的吗？"

我道："你可以不承认，但你要清楚，就凭你杀害警察这项罪名，就够判你死刑了。"

崔浩还是没有任何表情，他淡淡道："四个彪形大汉冲上来，也没穿警服，我还以为是黑社会要来绑架我呢，情急之下只能用手术刀反抗，我这是正当防卫。"

我笑了："正当防卫？你觉得我会相信你吗？检察院和法院会相信

你吗？"

崔浩深吸了一口气，又轻描淡写地吐了出来，无所谓地道："相不相信又有什么关系呢？反正薛教授的事情，和我没有半点关系。"

我正要发问，这时，审讯室的门被重重地推开了，撞到墙上"咣当"作响。

只见一个彪形大汉冲了进来："你还说跟你没关系？！"

是黄朗！

崔浩显然是被眼前突如其来的气势短暂地吓住了，我能够注意到他的眼神散了一下。

看来黄朗是听说了程东铭的死，怒不可遏，提前结束休假，跑了回来。

我本以为黄朗要动手打人，正准备拦住他，却见他亮出一份鉴定报告："这是物证检验中心那边刚出的鉴定报告，我们的技术人员将薛国清教授指甲里提取到的皮屑组织的DNA和你的DNA进行了比对，结果完全一致。我们有理由怀疑，这是你绑架薛国清教授时，薛国清在反抗中抓挠你的皮肤而留下的。"

崔浩还是不为所动："这能说明什么呢？薛国清教授出于关心，经常挠我的脑袋，那些皮屑就是那时候留下的。"

黄朗冷笑了一下："是吗？那你再看看这个。"说着，将鉴定报告翻到另一页，"尸检报告显示，薛国清教授死前遭受过钝器殴打。我们去了你的出租屋，在里面搜出了一根棒球棍，尽管球棍经过清洗，但我们还是通过化学试剂检测到了血迹，并且提取到了DNA，证明球棍上的血迹和薛教授的吻合。根据这些证据，即便你不承认，检方也可以向法院证明杀害薛教授的凶手就是你。这些证据足够判你死刑！"

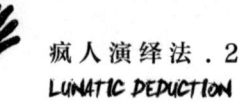

崔浩面对黄朗提供的证据，笑了起来："是我疏忽了，百密一疏，当时是有点着急，没能仔细检查一下那老家伙的自白书。还真没想到，那老家伙死前还给我留了一手，不然，你们永远也不会想到来抓我。"

我道："这么说，你承认了？"

崔浩点了点头。

我道："你的动机是什么？你杀害薛教授的动机。"

崔浩依旧是一副轻描淡写的模样："也没什么，就是那老家伙没眼光，看不上我的论文，说我的论文数据有错误，不给我通过。"

我道："就因为这个，你就要杀害自己的博导？"

崔浩摇了摇头道："也不光是这个。那天你和那个被我杀掉的小警察不是去找那老家伙问话了吗？我在门外全听见了，你们怀疑那老家伙和赵艺南的死有关。我怕你们查到我，就正好趁着这个机会，把你们的注意力彻底转移到那个老家伙身上，于是也就有了后面的事情。"

我道："也就是说，赵艺南是你杀的？"

崔浩点了点头。

我问："你为什么要杀赵艺南？"

崔浩道："她是自愿的。"

黄朗大喝道："你少给老子放屁，人活得好好的，自愿让你给杀掉？"

崔浩道："我和她做了笔交易。"

我问："什么交易？"

崔浩突然邪笑起来："你们知道，为什么我看不起薛国清那个老家伙吗？"

我道："因为他否定你的论文？"

崔浩道："是的。"

第一个案例
南大模仿犯

我道:"那只能说明,你的论文确实有问题,你的博导只是帮你指出问题。"

崔浩道:"我的论文根本就没有问题,是那个老家伙不懂。他说我的数据严重有误,因为在活体兔子的解剖过程中,根本没有得出类似的数据。那老家伙实在是太可笑了,兔子身上怎么可能得出我论文里的数据?我的实验数据根本就不是从实验室里的兔子身上得来的,而是……"

我道:"而是什么?"

崔浩道:"人。"

我一怔:"人?活人吗?"

崔浩道:"没错!"

我倒吸了一口凉气:"你拿活人解剖做实验?"

崔浩道:"赵艺南是自愿的,我和她达成了交易,她愿意提供她的活体供我解剖,但条件是我要在实验完毕后,将她的尸体切成两千片,分别抛尸于南桥路、坐岗路和天王山。实验结束后,我兑现了自己的承诺。"

黄朗破口大骂道:"你放什么狗屁?!这算什么交易?我劝你即便是编,也要编造一个像样点的理由。"

面对黄朗的责骂,崔浩看上去反倒相当平静,他淡然地说:"我说的都是事实。"

我深吸了一口气问:"她为什么让你这么做?你知不知道你的作案手法以及抛尸地点和十六年前的南大碎尸案几乎一致?"

崔浩的回答令我惊讶:"南大碎尸案?我听都没听说过,我只是听从赵艺南的安排行事而已,毕竟这是我和她之间的交易。"

我道:"她为什么要和你做这个交易?"

崔浩摇了摇头道:"我不知道。"

我问:"你和她怎么认识的?"

崔浩答:"她先认识的薛国清,然后在实验室认识了我。"

我问:"也就是说,你们接触也有好几个月了?"

崔浩答:"差不多四个月吧。就在前段时间,有天我向她吐槽,说自己论文的一些数据怎么也不满意。她就问我,怎样才能得到满意的数据。我就说,在动物实验体身上没办法,除非对活人进行活体解剖观测。"

我道:"于是你提出让她作为活体实验品?"

崔浩道:"我说了是她自愿的,是她主动提出的。我当时和你们现在一样,感到非常惊讶,以为她在开玩笑,也只是当作玩笑话答应了。可没想到,三天后,她发短信约我到旧校区医学院203实验室见面。学校的旧校区早就废弃,我不知道她为什么约我,但还是去了。当我到203实验室的时候,就看到她一丝不挂地躺在解剖台上,整个人处在昏迷状态。在她身体的旁边,放着一张字条,我能认出那是她的亲笔字迹,上面写着她已经把自己彻底麻醉,让我完成实验后,兑现她之前说的那些要求。"

我立马派人前往南大医学院旧校区。旧校区和如今的南大并不在一起,之间相隔十公里远,以前南大医学院是独立的,三年前与主校区合并之后,旧校区就被彻底废弃了。

很快,我们的技术人员在203实验室进行了细致检查,尽管那里经过了清洗,但技术人员还是通过先进的技术手段提取到了大量的痕迹和人体微物证据,证明这些痕迹和组织全都来自同一个人,那就是

第一个案例
南大模仿犯

死者赵艺南!

就此,本案宣布告破,而凶手崔浩始终不肯说出杀害赵艺南的真实动机,他一直坚持的那套"赵艺南是自愿"的说辞,根本无法得到我们的采信。

为了弄清这一点,我在征得赵艺南家属的同意之后,请网监局的同事破解了赵艺南QQ空间的访问权限。

她的QQ空间被设置为仅她自己可见。

我们在她的空间里找到了唯一的一篇日志,日期是在三个月前:

> 我想和她一样
>
> 真的是烦透了,这个世界真的是烦透了,旁人都不愿意和我交流,老师也不喜欢我,就因为我长得不好看,也没有男生喜欢。
>
> 我就像一只丑小鸭,永远也无法变成白天鹅。没有人会关注我,没有人会关心我。
>
> 嗬,我的室友,号称是我唯一的朋友,却在背地里嘲笑我,我全都听到了,真是恶心!
>
> 还有那个教授,我知道他是怎么想的,那天在办公室里他对我那样做,我现在想想就要杀掉他!
>
> 恶心!
>
> 一切都很恶心!
>
> 前几天我突然看到一篇文章,讲的是十六年前的南大碎尸案,我是被"南大"两个字吸引进去的。果然,这个南大

疯人演绎法 . 2
LUNATIC DEDUCTION

正是我们南方大学,而死者肖爱英,也正是我们南大成教学院的一年级学生。

我看到她的照片,和我长得好像,她的性格也似乎和我一样。

那篇文章下面满是留言,人们似乎过了十六年还在对她表示怀念和关心,她是那样引人注目。

而我,却无人关照,即便我死了,也没人会想起我。

我好想成为她!

我一定要成为她!

读完赵艺南的空间日志,我总算是明白了她的动机,原来她自愿成为崔浩的实验品,并要求崔浩以南大碎尸案的方式将她分尸遗弃,是为了能够像肖爱英一样引人注目。

为了更加了解赵艺南这个人,我开始查阅她生前所留下的一切文字记录,包括她的作业、笔记等。

突然,我发现了一个诡异的现象,就在本案案发前两个月,赵艺南的笔记本上十分突兀地多了一段诡异的对话。

对话是用两种字迹写成的,其中一个字迹是赵艺南的,而另外一个我觉得既熟悉又陌生。

对话是这样的:

听说你想要成为我?(陌生字迹)

你是谁?你怎么会在我的本子上写字的?(赵艺南的字迹)

我就是你想要成为的那个人!(陌生字迹)

这不可能!这不可能!你已经死了!(赵艺南的字迹)

第一个案例
南大模仿犯

哈哈,你很快就会成为我的!(陌生字迹)

我专门为这段对话请教了局里的犯罪心理专家,他告诉我说:"很明显,赵艺南患有 DID,学名分离性身份识别障碍或解离性身份疾患,也就是我们俗称的多重人格、多重人格分裂、多重人格障碍。"

我道:"你的意思是说另外一个字迹,只是她分裂出来的另外一重人格写的?"

心理专家耸了耸肩道:"显而易见,赵艺南是一个双重人格者。"

我松了一口气,回到了自己的办公室。看着赵艺南笔记本上的那个陌生字迹,我越发觉得熟悉,于是起身来到了档案室,翻阅出了十六年前的案卷。

关于南大碎尸案的案卷。

我找到了当年南大碎尸案的被害人肖爱英的笔记本,那一刻,我差点陷入窒息!

因为我发现,肖爱英笔记本上的字迹,和赵艺南笔记本上的那个恐怖的陌生字迹几乎一模一样!

也许,赵艺南曾通过某种途径见到过肖爱英的字迹,所以在分裂出第二重人格的时候,潜意识里将这个字迹代入了新人格的行为模式当中。

如果不是这样,我不敢想象另外一种可能到底是什么……

第二个案例

矛盾的阶梯

第二个案例
矛盾的阶梯

案发现场,令人震撼。

现场一共发现了二十一具尸体,二十具为男性,一具为女性。男性尸体全都以跪姿连接在一起。

而那具女性尸体,则仰面躺在地板上,血从后脑勺淌了一地。

那天清晨,刚刚落成的艺术会展中心迎来了它的第一个展出作品。首先发现这个作品的,是会展中心的装修工人。

上午八点,装修队进入会展中心,准备对主展览厅进行装修工作,却在偌大的展览厅看见了那令人窒息的场景。

领队立即拨打了报警电话。

上午八点四十分,我和黄朗带队赶到案发现场。在主展览厅内,我们看到二十具尸体连接在一起,围成了一个四边形。

每一个人都浑身赤裸,呈现跪姿,双臂前伸,与身体躯干呈九十度角,头向下埋,与双臂保持水平。

四边形每个边都由五人组成,后者的双手握住前者的小腿,一级一级向上延伸,仿佛一座人形阶梯。

东面的那一边,阶梯的最下一级,那个男人双膝跪在地上,这五个人全都以阶梯形式连在一起,一级一级向上延伸;而后在某一个高

度向左拐了一个九十度弯,由北面五人继续以阶梯状向上延伸;而后在另一个更高的高度向左拐了一个九十度弯,由西面五人继续以阶梯状向上延伸;而后又向左拐了一个九十度弯,以南面五人继续向上延伸到了一个最高的高度。

这就像是一个四边形结构的螺旋梯。

螺旋梯悬空的四个端点,分别由一根尼龙绳捆绑,与展厅顶部钢筋骨架连接,以起到悬挂和稳定的作用。而尸体的手臂与小腿的连接处缠绕着铁丝,以做固定。

我和黄朗面对眼前的情形,不由得倒吸了一口凉气,因为从警这么多年来,还是头一回见到这种场面。

组成螺旋梯的这二十具尸体全都为成年男性,并且都有一个共同的特点——全都是光头。

黄朗忍不住吐槽了一句:"这个凶手怕不是跟和尚有仇吧?"

我们来到了人形阶梯跟前,黄朗摸了摸最下面那个人的光头说:"这个人之前不是光头。"他又摸了摸其他尸体的头皮,"他们本身都不是光头,他们的头发显然是被凶手剃光了。"

我点了点头。

黄朗指了指每个人的面部:"老陈,你看,他们的眉毛也被剃掉了,嘴唇和下巴也是干干净净的,没有一丁点儿胡楂。就目测来看,这些被害人浑身上下没有一丝多余的毛发,很显然是被凶手来了个全身剃毛服务。"

我疑惑道:"可是凶手为什么要剃光他们的体毛呢?"

黄朗道:"还能为什么呢?这案子一看就是个精神不正常的疯子干的,疯子做出什么奇葩的事情我都不会觉得奇怪!"

第二个案例
矛盾的阶梯

人形四边形螺旋梯的最高点和最低点，刚好处在同一条垂直线上，垂直距离根据现场测量约为二十米。

在阶梯最低点的右侧半米远的距离，一具裸体的女性尸体躺在那里，后脑勺开了花，暗红色的血大面积扩散，已经干涸。

黄朗看了眼女人的尸体，又抬头看向人形阶梯的最高点，而后道："这女人不会是从那上面摔下来的吧？"

我也看了看身前的人形阶梯，目光顺着阶梯一级一级向上，脑海中想象着这个女人在凶手的逼迫下，一级一级地踏上人形阶梯，直到最高点她无路可走，可凶手还在催促她，最后她一脚踏空，从最高点坠落而下，摔死在了地板上。

由于这座艺术会展中心还处在装修的初期阶段，所以场馆内并没有安装监控设备，夜间馆内也无人值守，所以无从得知当时现场究竟发生了什么。

工人每天装修到晚上八点结束，离开后，场馆的每一个出入口的门都会上锁。为了方便工人进出场馆，馆方向他们告知了场馆正门的电子锁密码。我们推测凶手一定是通过某种方式获得了密码，于是顺利地打开了场馆的大门。但案发之前的两天刚好是周末，装修队休息，所以有足足两天时间，场馆内是没有人的。

我们从各种不同角度拍摄了案发现场照片后，将人形阶梯拆卸，而后把这二十一具尸体全部送到了市局法医鉴定中心。

足足三天时间，陈小芸和法医鉴定中心的其他同事一起，加班加点地完成了对这二十一具尸体的尸检工作。

龙敏离世后，黄朗再也不愿意去法医鉴定中心，因为他说一到那儿就能看到龙敏的幻影，他会感到难过。

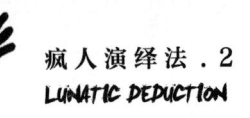

我独自一人来到法医学解剖室门口,陈小芸正坐在一把椅子上,用手捏着自己的小腿。门没关,我象征性地敲了敲门,陈小芸抬起头看着我,冲我笑了笑说:"陈队,你来啦。"

我点了点头,走进解剖室:"我是来取验尸报告的。"

"好的陈队,我这就给你拿。"

陈小芸说着,站起身来,可没想到腿上一软,整个身体就要跌下去,我立马冲上去扶住她的胳膊道:"没事儿吧?"

陈小芸有些不好意思道:"没事儿,没事儿。陈队,就是……就是连续在解剖台工作,站久了,腿有些麻。现在已经好了。"

我这才意识到,自己贴她太近,于是立马将身子往外挪了挪。

陈小芸走到文件柜前,从里面抽出一沓二十一份的验尸报告,对我道:"全在这儿了。"

我看着陈小芸那张疲惫的脸道:"辛苦你了。"

陈小芸道:"工作而已,不存在的。二十一具尸体,二十具为男性,一具为女性。男性全都是窒息身亡,颈部均未发现勒痕,口鼻处也没有被强行捂住而产生的皮肤破损痕迹,胃里提取到了迷幻类药物,猜测凶手应该是先用迷药将他们全部迷晕,而后直接将塑料袋之类的密封物套在了死者的头部,导致死者窒息而亡。这二十具男性尸体有一个共同特点,他们的身高全都为一米八,更离奇的是他们的身材比例和体重完全一致,生理年龄均在二十二岁。很显然,这二十名男性被害人是经过精心挑选的。另外,他们身上的体毛全都被刮除干净。至于那名女性死者,她是摔死的,后脑勺着地,颅骨破裂。我们在这二十名男性死者的背上,发现了踩踏和攀爬的痕迹,通过提取到的足印进行对比,确定这名女性死者死前曾在这二十名男性的背上踩

第二个案例
矛盾的阶梯

踏过。她的生理年龄也为二十二岁。"

果然和我推测的一样,这名女性死者生前曾经被凶手逼迫在人形阶梯上爬行过,而后从阶梯悬空的最高点跌落在地。

我深吸了一口气道:"死亡时间呢?"

陈小芸道:"二十名男性死者的死亡时间均在本月 13 日星期日的凌晨一点到凌晨五点,也就是装修队发现尸体的一天前。而那名女性死者的死亡时间,是在同日的夜间九点到十一点。"

我道:"也就是说,凶手在周日凌晨一次性杀害了二十名男性死者,在同日深夜才对那名女性死者动手。为什么会间隔十几小时的时间?"

陈小芸道:"很显然,凶手需要时间布置现场。第一案发地点应该就在场馆内,凶手在这里杀害了全部的男性死者。人类尸体一般死亡后一到三小时会开始出现尸僵现象,尸体肌肉开始收缩,关节会逐渐变得不可屈伸。也就是说,凶手在杀害二十名男性死者后,在三小时内将他们摆好了姿势,而后开始布置案发现场。凶手应该不是一个人,毕竟一个人想要完成这样的案发现场是很困难的。在多人协助下,他们在一定时间内完成了案发现场的人形阶梯。需要十二到十六小时,尸僵现象才会发展蔓延至全身,才会起到供一名成年女子在上面攀爬的阶梯效果。这也就是陈队你所提到的,两次作案时间间隔了十几小时的原因。"

这个案子直接惊动了省公安厅,公安厅直接派领导到我们市局,旁听我们针对此案的专案会议。

会上,我向王局提出可以去请教罗谦辰,却被在场的一位省厅领导驳回了,领导的意思是:"我们不能在侦破此类案件方面,老是去寻

求编外人员的帮助,更何况这名编外人员还是监狱里的囚犯。我们要有自己的独立办案能力。"

于是,在不到万不得已不请教编外人员的上级指示下,我对此案展开了自己的逻辑推理分析:"从目前所掌握的信息来看,我们可以确定凶手并不止一个人,应该为三到四人以上的团伙作案。因为要布置如此高难度的案发现场,仅凭一两个人是难以做到的。由于案发现场所在的艺术馆还在装修阶段,所以并没有安装监控设备,也没有安保人员。艺术馆地理位置偏僻,周围的监控也都还在调试,所以监控盲区较多,我们暂时无法通过监控手段获取犯罪嫌疑人信息。但是,各位试想一下,是什么样的人能够聚集二十名年龄、身高、体重、身材比例都完全一致的男性到艺术馆?我们对这二十名男性的身份进行了逐一调查确认,他们是来自全国各地的平面模特。所以,目标范围一下子就缩小了。我认为这个作案团伙,很有可能是以模特经纪公司的名义,或是以模特拍摄等活动邀约,经过筛选,聚集了这二十名符合条件的男性模特,并谎骗他们进入艺术馆,再对他们进行杀害。"

各位领导全都赞同我的推理,于是我们按照这个方向,开始集中调查。很快,我们网监局的同事攻破了这二十名死者的邮箱。

我们发现,这二十名死者共同接收了来自同一家模特经纪公司的招聘电邮信息,电邮信息中所约定的面试地点正是那座艺术馆,而时间也刚好对应上了。邮件中留有一个电话号码,联系人姓名:何先生。

我们拨打了这个电话,却提示关机。随后,我们针对这个号码展开了调查,发现其持有人名为何东南,年龄二十五岁,本市人。我们派人去了他身份证上的住址,可是无人在家。我们立马通过联网系统,查到此人的身份证在前天购买了一张前往 Y 市的火车票,并且在昨天

第二个案例
矛盾的阶梯

深夜入住了一家快捷酒店。

我们立即联合 Y 市当地警方，对何东南实施了抓捕，并且跨省带回本市。

审讯室里，何东南面对我和黄朗，看上去格外慌张，完全不像我们想象中的变态杀人狂的模样。

我例行发问："姓名？！"

何东南慌里慌张道："何、何、何……"

黄朗道："你何啥啊你？你自己的名字都不记得了吗？"

何东南深吸了一口气道："何东南。"

我问："前不久，发生在艺术馆的那个案子，你知道吗？"

何东南道："知、知道，在新闻里看到了。"

我道："很好，那你知不知道，我们破解了那二十名男性死者的邮箱，在里面发现了一条招聘信息，而联系人留的是你的电话。邮件是你发的吧？"

何东南不说话了。

黄朗道："说话啊，你不说话，我当你默认了啊！"

何东南道："邮件、邮件是我发的，但是……我真的不知道啊！"

黄朗道："你不知道什么？你发了邮件，冒充模特经纪公司，把他们全都引诱到艺术馆，然后把他们全杀了，是这样吗？"

何东南浑身发抖道："不是我，不是我，我真的什么都不知道。"

我道："你冷静一点，你现在知道些什么，就告诉我们，你知道我们的政策，坦白从宽，抗拒从严！"

何东南勉强让自己安定下来："我真的什么都不知道，我就是一个中介，有人给我钱，让我发招聘邮件，我就发了，我就赚个中介费。"

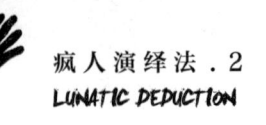

黄朗道："既然这样，那你小子跑什么？要不是我们及时跨省把你抓回来，你是不是就人间蒸发了？"

何东南道："我看了新闻，说那些人进了艺术馆都死了，我很害怕，就想着出去躲几天。但是，这件事儿真的和我一点关系都没有啊，你们要相信我！"

我问："你说有人联系你，那人是谁？"

何东南道："我也不知道，电话联系的，没见过真人。"

我问："对方是男的还是女的？"

何东南说："听声音，应该是个男的。"

我道："他在电话里怎么说的，说他叫什么了吗？"

何东南摇了摇头道："他没说太多关于他自己的信息，就说让我发个邮件，给我一万，我就答应了。"

黄朗道："他为什么找你啊？"

何东南道："我是搞模特中介的，手里资源多，全国上万个模特的信息我这里都有。我的工作很简单，就是收了钱，按照对方的要求，把邮件群发给这些模特。我根据客户的要求，让这些模特反馈了自己在体检中心测量的身材比例、维度之类的信息，而后筛选了二十个人，让他们去艺术馆面试。但面试过程我是绝对没有参加的！"

我问："一万块钱，他通过什么方式给你的？"

何东南道："很奇怪的方式。"

黄朗道："什么奇怪的方式？转账无非就那么几种。"

何东南道："他没转账，给的现金。"

黄朗猛拍桌子："你说话前后矛盾，你刚才还说没见过他真人，现在又说现金交易！"

第二个案例
矛盾的阶梯

何东南道："我、我真没见到他本人。他让我去了一处空地，他把一万块现金用牛皮纸包好，放在了一沓水泥板的夹缝里面。我拿了钱就走了，根本就没看到人。"

我问："那个女人呢？我们在现场还发现了一个女人的尸体。"

何东南道："那我就不知道了，我只招聘了那二十名男性模特。"

之后，我们做了两件事，一件事就是拨打了那个与何东南联系的电话，却发现那是个无法拨通的网络电话。我们让网监局的同事查询这个网络电话的 IP，却发现 IP 在美国，看来凶手设置了代理。我们去了何东南所说的空地，发现那里还是一个监控盲区。

凶手行事极为谨慎，没有留下半点可供我们追踪的痕迹。

我们派人对何东南进行了二十四小时监控，暗中观察他是否会和凶手有秘密联络。

同时，我和黄朗将调查重心转移到了那名女性被害人身上。

由于二代身份证办理时需要录入指纹，所以，我们国家的指纹数据库已经逐步完善。二代身份证的办理，首选录入的是双手的大拇指指纹。在过去，指纹的比对需要技术人员人工进行，后来有了计算机比对技术，但也只能进行定向比对或者在有前科的犯罪资料库中进行小范围的比对。但几年前，我们市局就作为试点，和国内知名的网络安全公司合作，引进了大数据人工智能比对技术，这种技术可以快速地将指纹和 DNA 数据与全国的指纹及 DNA 数据库中的数据进行精确比对。我们通过提取该名女性死者的大拇指指纹，利用计算机与数据库中的海量指纹电子数据进行比对，很快便确定了死者的身份。

死者名叫许莱，二十二岁，本市人。其父母均在国外工作，对女儿的死还一无所知。许莱去年夏天刚刚大学本科毕业，本科就读于本

疯人演绎法.2
LUNATIC DEDUCTION

市某重点大学数学系,对几何学颇有研究,曾在美国著名数学学术期刊上发表过两篇关于几何学的高分论文。她本来已直接保研,却突然放弃继续攻读硕士研究生学位,无人知其缘由。

据许莱的本科同学反馈,离开学校后,许莱并没有积极寻找工作,而是变得离群索居,她似乎故意远离过去的社交圈子,最终把自己一个人孤立起来。

没有人知道她离开学校的这大半年时间都在干什么。

我们联系上了她在国外的父母,她的父母都在美国的科研机构工作,由于工作繁忙、距离遥远,又有时差,根本无暇顾及许莱的日常生活。

她的父母得知她死讯的第一反应竟然不是回国,而是关心他们的科研项目进展:"还有科研任务,暂时无法向领导申请回国。"这是我们得到的答复。

就在我们针对许莱的社会关系进行细致的走访调查时,新的案情发生了。

本月二十八日,距离上次案发仅仅过去半个月。那天夜里十点,郊外城乡接合部的三个十岁大的小孩玩探险游戏,他们闯入了一座废弃的展览馆。出来时,三人当中只剩下一人。

小孩慌里慌张地跑回家,发疯般地对自己的家长叫喊道:"有鬼!有鬼!他们被鬼带走了!他们被鬼带走了!"

随后,家长随他进入展览馆去寻找那两个小孩,却惊悚地发现在展览馆的正中央,悬挂着十二具连在一起的尸体。

接到报案后,我和黄朗立即带队出警,火速抵达了案发现场。

第二个案例
矛盾的阶梯

附近村落的人已经将这座废弃多年的破旧展览馆围了个水泄不通,民警拉起了警戒带,在现场维持秩序。

"让开!让开!都给我让开!别妨碍办案!"黄朗粗鲁地在人群中开出了一条道。

我跟在他后面,顺利地来到了展览馆门口,向民警出示了警官证,而后进入展览馆内。

我们来到了展厅,便看到了那令人震撼的场面。

十二名浑身赤裸的光头男串联在一起,悬挂在距离地面半米的高度。和之前不同的是,这次的形态并不是螺旋阶梯状的,而是由两个九十度的折角组成的形状。

形状分为三个边,每个边由四具尸体组成,尸体全都笔直地伸展开,首尾相连,以钢丝固定。

底边与地面保持水平,四具尸体均仰面向上,方向自西向东。

侧边与底边的最西端相连,向正上方延伸,与底边形成一个直角,四具尸体均面朝东方。

顶边与侧边的最顶端相连,朝正南面延伸,形成一个直角,四具尸体均仰面朝上。

我们走近后细致观察,这些光头男的体毛也全都被剃光了。

我深吸了一口气道:"看来是同一个犯罪团伙所为。"

黄朗道:"老陈,你说这要是同一个犯罪团伙所为,为什么这次尸体的拼接形状不一样了呢?"

我道:"我想,我们有必要去请教他了。"

黄朗道:"老陈,你又要去请教那个疯子?"

我没有说话,而是走向那唯一一个从展览馆里逃出来的小孩道:

"小朋友,能告诉警察叔叔,当时你看到了什么吗?"

小孩瑟瑟发抖,不肯说话。

我抚摸了一下他的额头道:"没事儿的,现场这么多警察叔叔呢,没人能够伤害你的。把你看到的说出来,警察叔叔们才能抓到凶手啊。"

小孩怯生生道:"其实、其实……我也没看到。当时、当时我们进了展厅,就看到那些东西,我吓得转身就跑。这时,我就听到其中一个小伙伴大喊:'喂,你怎么啦?快走啊!'另一个小伙伴不停地重复着:'三角形,三角形,三角形!'我忍不住回头看了一眼,就看到那个喊三角形的小伙伴朝着那恐怖的东西跑了过去,另一个就追了上去。接下来我没敢看,跑出了展厅。可是,我在外面等了很久,都没等到他们出来,我不敢进去,就跑回了家,带着大人一起才敢进去,可是他们俩已经不见了。"

监狱里,我向罗谦辰提供了本案的全部案卷材料。罗谦辰看完之后对我说:"彭罗斯阶梯。"

我道:"什么阶梯?"

罗谦辰道:"第一个案发现场,尸体被摆放的形态,其实是彭罗斯阶梯的形态。这种阶梯,是一种封闭循环却无限向上的阶梯。"

我道:"世界上不可能存在这样的阶梯。"

罗谦辰道:"在我们这个维度的空间,的确不存在。"

我道:"你也承认不存在,凶手在现场布置的螺旋阶梯,并没有你说的那种封闭循环、无限向上的效果,相反,它是断开的,当阶梯的第四个边上升道距离地面二十米的高度时,阶梯断掉了,彻底悬空了,就像是一座没有完工的螺旋梯。"

第二个案例
矛盾的阶梯

罗谦辰微微一笑道:"你们当时有没有从阶梯的正上方拍摄照片?"

我摇了摇头道:"没有,我们也没办法从你说的那个角度拍摄啊。"

罗谦辰道:"有硬板纸吗?"

我问:"要硬板纸干吗?"

罗谦辰道:"我给你制作一个相同的阶梯模型你就明白了。"

随后,我让狱警提供了硬板纸。很快,罗谦辰用硬板纸制作了一个四边螺旋阶梯,阶梯循环向上,在第四边的最高点断掉了。

我看着模型道:"你看,你这还不是断掉了吗?"

罗谦辰道:"你站起来,从正上方向下看。"

我狐疑地站起身来,从阶梯的正上方向下看,在罗谦辰的指导下慢慢调整视角高度后,我竟然发现在视觉上,螺旋梯第四边原本悬空的最高点,和与其处在同一垂直线上第一边的最低点拼接在了一起,果真形成了一个封闭循环、无限向上的螺旋阶梯!

我深吸了一口气道:"难道说,另一个也是这个原理?"

罗谦辰点了点头道:"第二个案发现场,你们只需要将视线调整到一定的角度,就会发现尸体形态顶边的最外端,和底边的最外端连接在了一起,形成了一个外边和内边拼合的悖论三角形!"

我恍然大悟:"原来是这样!可是,凶手为什么要这么做?"

罗谦辰道:"本案的凶手应该是一名妄想型精神分裂症患者。他妄想自己是一个建筑师,能够制造出不属于我们这个世界的几何建筑。"

我问:"可为什么要用人体来搭建?"

罗谦辰道:"因为人和一般的物质不一样,在古典哲学当中,人具备二元性,是物质和精神的共存。凶手一定是相信这一点的,他认为精神能够超越空间限制,也就能够超越我们这个世界的维度。而至于

为什么尸体的身材比例完全一致，以及体毛全都被剃光，这就和维特鲁威人案一样，凶手有一定的强迫症，每一块砖都要一致，他要求自己的作品近乎完美，如同古希腊的雕塑，雕塑是没有体毛的。"

我问："凶手还会继续作案吗？"

罗谦辰道："这个作品还没有结束，凶手需要一个纽带，一个存在于我们这个世界，却又象征着无限循环的只有单一面的纽带，将彭罗斯阶梯和悖论三角联系起来。"

我问："这个纽带是……"

罗谦辰道："莫比乌斯带。"

罗谦辰将一张字条从中间扭转，而后把两端拼接起来，此时就形成一个无限循环并只存在一个面的环带，这种环带被称作莫比乌斯带。

我道："你认为，凶手建造莫比乌斯带的地点会在哪儿？"

罗谦辰道："既然是连接，那么，连接点自然是在两点的正中间。"

我道："你是说下一个案发现场，会在第一案发现场和第二案发现场连接线的中间点？"

罗谦辰点了点头道："是的。"

我道："可是，有什么办法能够预防吗？即使我们守株待兔，也可能挽回不了那些受害者的性命，因为凶手在抵达现场前，没准儿就已经将他们杀掉了！"

罗谦辰道："你需要我给出凶手接下来作案可能挑选的作案目标范围？"

我道："是的。"

罗谦辰道："想要建造莫比乌斯带，建造材料需要很高的柔韧性，这样才能达到那种顺滑的扭曲感。所以，凶手挑选的目标，一定是那

第二个案例　矛盾的阶梯

些身体柔韧性极高的人,例如舞蹈演员。"

我们还是慢了一步。当天深夜,我从监狱出来,就立刻和黄朗一起,安排人前往罗谦辰推理的凶手可能会进行第三次作案的地点。

这次,我们抓到了凶手,却没能救回那六名被害人。

那里是一座闲置多年的剧场,当我们进入演出大厅时,便看到一个巨大的人形莫比乌斯带悬挂在舞台的正中央。

这个莫比乌斯带由六个浑身赤裸的光头男人串联组成,这些男人的身体都极其柔韧,如丝带一般完美地构造出了莫比乌斯带的扭曲感。

一个身着黑色西装的男人,站在莫比乌斯带下,冲着我们道:"你们终于来了。"

我们立即将西装男逮捕,他没有丝毫抵抗,跟随我们上了警车,回到了市局。

在审讯室里,男人看上去格外冷静,他开口的第一句话便是:"让我见见他吧。"

我一愣:"你要见谁?"

男人道:"罗谦辰。"

我心里一怔,这人竟然直接说出了罗谦辰的名字,罗谦辰的身份一直都是保密的,他是如何知道这一点的?

我试探性地问:"你再说一遍这个人的名字?"

男人道:"罗谦辰。"

黄朗拍了拍桌子:"你少废话,什么罗谦辰,我们这儿根本没有你说的这个人。我劝你老实交代你的犯罪行为、动机,还有那两个失踪的男孩去哪儿了?"

男人根本不理睬黄朗，表情一片淡然："我要见罗谦辰。"

"我看你是敬酒不吃吃罚酒是吧？"

黄朗说着就要动手打人，我立马将他拦下，拉出了审讯室，对他道："你怎么又打人啊？"

黄朗道："啧，老陈，我这不是吓唬他吗？审讯常规手段，一个唱黑脸一个唱白脸，我就是那黑脸。"

黄朗说着，给自己点上了一支烟，抽了起来："你说奇不奇怪，这家伙是怎么知道罗谦辰的？难不成他们俩以前认识？"

我点了点头道："还真没准儿。罗谦辰在监狱里对这人的心态分析得如此细致准确，我都怀疑他们俩以前见过。我去向王局申请一下，安排他们俩见面。"

王局迅速同意了我的申请。次日下午，我们在监狱里安排了犯罪嫌疑人和罗谦辰的会面。果不其然，在会面室里，他们见面的第一句话便是："好久不见了。"

他们俩隔着一张长桌相对而坐，我和一众荷枪实弹的狱警围在周遭，大家都格外紧张，生怕会出什么状况。

罗谦辰道："我记得高中的时候，咱们俩是同桌。"

西装男道："应该是吧。"

罗谦辰道："我记得那时候你就对几何学非常感兴趣，后来上大学，你也选择了数学专业。我还抽空看过几篇你发表的关于几何学的论文，写得非常不错。"

西装男微微一笑道："看来你一直在关注我？"

罗谦辰道："看来你已经将那个实验付诸行动了？"

第二个案例
矛盾的阶梯

西装男点了点头道:"是的。"

罗谦辰道:"我记得你高中时就对我说过这个实验,你当时是怎么说的来着?"

西装男道:"我们这个世界,从纯数学几何空间概念来讲,是三维的。当然,爱因斯坦从物理的意义引入了'时间'这一维,与三维空间进行了结合,构成了物理学上的四维时空的概念。四维空间则和四维时空不同,四维空间是几何学层面的空间结构概念。四维时空的第四维是'时间',而四维空间的'第四维'则是更高于线、面、体的数学几何结构。"

罗谦辰道:"你当时认为彭罗斯阶梯和悖论三角这样的结构,虽然不存在于三维空间,但是在四维空间一定存在。而你还认为,莫比乌斯带是连接二者的桥梁。"

西装男道:"没错,看来你记得很清楚。我一直认为人能够通过莫比乌斯带,进入更高维的空间当中,而彭罗斯阶梯和悖论三角则是入口。这就类似爱因斯坦—罗森桥和虫洞之间的关系。"

罗谦辰道:"可那个女人还是摔死了,她并没有通过彭罗斯阶梯,不是吗?"

西装男道:"实际上她通过了,只是物质层面的她没有通过,但精神层面的她进入了入口当中。"

罗谦辰道:"看来并不是你强迫她的对吗?"

西装男道:"的确是她自愿的。我和她是在一个论坛上认识的,她和我一样研究几何学,对我的理论非常感兴趣,自愿成了我的实验志愿者。"

罗谦辰道:"你如何确定她的精神通过了彭罗斯阶梯?"

西装男道:"我不确定,但我相信。"

罗谦辰道:"看来你依旧相信那些玄之又玄的古典哲学中的二元理论。那悖论三角呢?既然你已经成功地建造了彭罗斯阶梯,并且实验成功,又为什么要建立第二个入口——悖论三角?"

西装男道:"因为我发现彭罗斯阶梯不够稳定,四边形具备不稳定性,这种入口无法实现物质和精神的共同穿越。"

罗谦辰道:"你的意思是悖论三角实现了物质层面的穿越?"

西装男道:"是的。三角形天然的稳定性,足以支撑物质的穿越。"

罗谦辰道:"所以,那两个失踪的小孩成了你的实验品?"

西装男道:"这是个意外,我并没有打算将他们作为实验对象,是他们误入的,但这证明了我的理论的正确性。"

罗谦辰道:"你的意思是那两个小孩通过悖论三角入口,进入了更高维的空间?"

西装男道:"准确地说,是在我最后建成莫比乌斯带之后。在那之前,他们会一直困在悖论三角当中,莫比乌斯带为他们提供了通往高维空间的通道。"

罗谦辰道:"最后一个问题,如此庞大的工作应该不是你一个人可以完成的,你有一个团队是吗?"

西装男道:"是的。"

罗谦辰道:"其余的人在哪儿?"

西装男道:"他们是我从全国各地精心挑选的舞蹈演员,一直追随着我,如今他们自愿成了莫比乌斯带。"

听完这两个人疯子般的对话,我感觉自己的脑子快要炸开了。疯

第二个案例
矛盾的阶梯

子的逻辑的确令人难以理解。

而他们往往会以这种难以理解的思维，做出一些常人完全无法看懂的事情。

本案的凶手由于其作案性质过于严重，手段十分残忍，造成极为恶劣的社会影响，尽管其可能患有精神疾病，但法院对具体案情进行具体考量，确定凶手在作案时并非精神病发状态，所以具备完全刑事责任能力，最终一审判处其死刑且立即执行，凶手上诉，二审维持原判并迅速通过死刑复核。

而他到死都不肯说出那两个失踪男孩的下落。

那疯子死后，我问罗谦辰："你相信他说的吗？"

罗谦辰没有说话，只是不置可否地笑了笑，又一次毫无征兆地说出了那句意味深长的话——

"这个世界是假的。"

两个月后，其中一个失踪的男孩竟然回来了，没人知道他是怎么回来的。

他的精神变得格外异常，不停地重复着一句谁也听不懂的话："我们在三角形上一直跑、一直跑，永远也跑不到头……我们在三角形上一直跑、一直跑，永远也跑不到头……"

而另一个失踪者，至今下落不明。

第三个案例

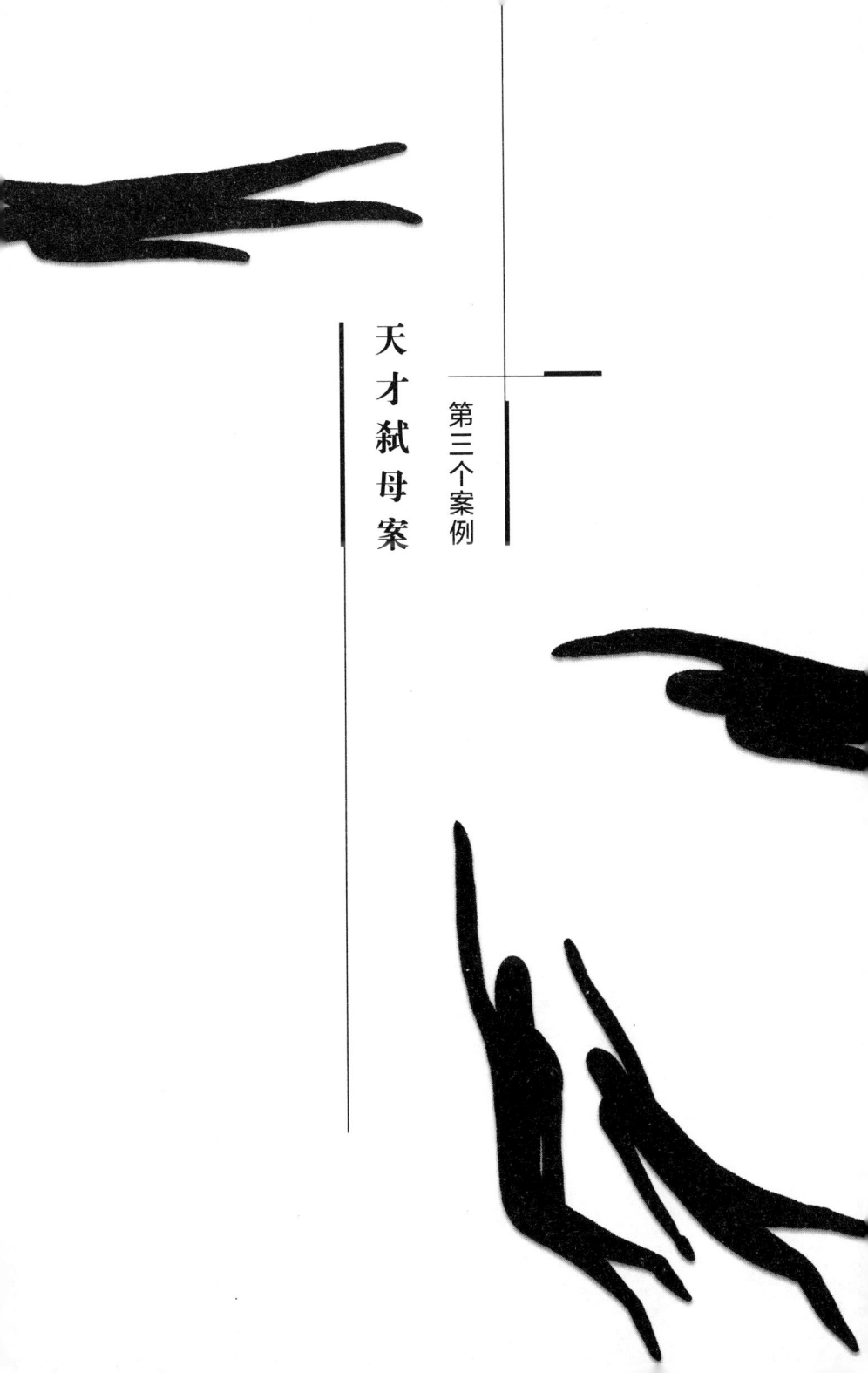

天才弑母案

第三个案例
天才弑母案

我的徒弟程东铭死后,市局为他举办了隆重的葬礼。葬礼当天,我和黄朗都喝多了。我看着程东铭年迈的父母抱头痛哭的样子,不禁感到深深的自责。如果那天我没有派程东铭去抓那小子,他也不至于因此殉职。

葬礼结束的第二天,矛盾的阶梯案便发生,我和黄朗以及刑侦支队里的其他弟兄们都还没来得及从伤痛中抽离出来,便投入了那起扭曲的案件当中。

我们做警察的就是这样,我们要在"最一线"和最残暴的歹徒搏斗,与最黑暗的罪恶殊死斗争。在这个过程中,可能会见证无数生死,甚至连自身的性命都会受到极大的威胁,但我们从来不会动摇那个信念,那就是扫除一切罪恶,让真相还原,让真凶伏法,让逝者安息,让公正和法制得以彰显权威。

让所有善良守法的生者都能安全地活着。

矛盾的阶梯案结束后便过年了,我总算得到了一丝喘息的余地。可是这年才刚过完,二月十四日,就在我们上班的第一天,新的案情出现了。

那天上午八点,新年的氛围还未彻底消散,人们才刚刚从休假的

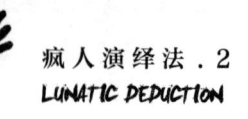

慵懒中复苏，就开始忙碌地工作。

已经开春，但街道上依旧残留着冬末的寒意。

案发现场位于老城区一座建成于 2000 年的住宅楼，住宅楼一共七层，最下面一层为不住人的储物层。该楼只有一个单元，一层两户，没有电梯，只有楼梯。

这幢住宅楼尽管历史不算久远，但看上去已经非常老旧，墙体外的涂层大面积脱落，到处都是斑驳的裂缝和黑色污渍。

每一户人家的窗户都装了防盗网，许多防盗网都已经锈迹斑斑。

凶案，便是在二楼右侧的那户人家发生的。

这是一间八十平方米的屋子，进门便是客厅，客厅的右侧是餐厅，餐厅和厨房一体，中间是一个过道，通向两个不大的卧室，以及尽头那间狭窄的卫生间。

那个中年女人的尸体就是在卫生间里被发现的，她侧卧着倒在瓷砖地板上，腹部插着一把刀。

尸体已经严重腐败，散发出阵阵恶臭。

旁边留有血字：我不想活了！

死者名叫甘秀娟，四十八岁，是本市第一中学的一名语文老师。报案人是比甘秀娟小两岁的弟弟，甘秀城。

甘秀城家住 F 市，那是一座位于我国东南部的沿海城市，也是甘秀娟的老家。

在询问中，甘秀城是这么说的："今年快要过年的时候，我收到姐姐发来的短信，说她和她儿子吴天成从美国回来，转高铁到 F 市，让我到 F 市高铁站去接他们回家过年。那天上午，我按照约定时间去了高铁站，却没有接到他们母子。我打电话，手机是关机的，怎么也联系不上。当时我还没觉得出事了。直到过完年，都没能联系上他们母子，我就怀疑他们出事儿了，就想着到姐姐家里看一看情况。当时我们都怀疑是不是躲债之类的，但没想到我到了这里，在家门口怎么敲门都没人应，于是就打电话报了警。派出所的民警赶到之后，请撬锁的来开门，却发现门是从里面反锁的，从外面即便用钥匙都打不开。最后只好破门而入，就看到我姐姐她……"

我问："你说他们去了美国，这个甘秀娟不是还在国内吗？"

甘秀城说："事情是这样的，姐姐她儿子天成很厉害，是个学霸，高考以全省第二名的成绩考进北京大学，好像读的是经济学方面的专业。就在去年七月中旬，我收到一条短信，是姐姐发来的，她说她七月二十五日要和天成一起去美国，因为天成要去美国麻省理工学院做交换生，她去陪读。紧接着又收到一条短信，说去美国需要钱，她当中学语文老师的，手上没什么钱，就说要借钱。"

我问："借多少钱？"

甘秀城道："没说，有多少借多少呗，都是一家人，总不能耽误了天成的学业。我就往姐姐的银行卡里打了三十万元，因为我在F市开工厂嘛，手里还算富裕。"

我问："后来呢？你们没有电话联系过？"

甘秀城摇了摇头说："打过电话，但都没人接。当老师的，忙，就短信聊一聊。其实也没怎么联系，我平常也忙。后来想着他们不是去了美国吗，有时差，国际长途话费也贵，就没怎么联系。直到现在，我才知道姐姐她遇害了。"

我问："甘秀娟的老公呢？"

甘秀城深吸了一口气道："在天成上大一那年，得了肝癌，去世了。"

我正在询问的过程中，黄朗对案发现场进行了勘查，他让技术人员在屋内多处做了血迹测试，发现餐厅有喷溅型血迹被擦拭过的痕迹，餐厅的窗户上也有擦拭过的血手印痕迹。

有滴落型血迹痕迹从餐厅延伸到防盗门口，而后又折返，顺着过道进入厕所内。这些血迹均被擦拭，只有在特殊试剂下才会显露原形。

黄朗在厕所的垃圾桶里找到了一块宽大的浴巾，他看着这块浴巾，说了句："老陈，不对头啊。"

我问："怎么了？"

黄朗说："这块浴巾上不光有擦拭过血迹的痕迹，还有大量滴落型血液痕迹。凶手在擦血的时候，怎么会有血滴落？"

我问："是不是凶手也受伤了？"

黄朗道："回去做个DNA检测就知道了。另外，我简单看了一下死者的伤口，我觉得刀口可能有些问题。"

我道："等法医那边的结果出来就清楚了。"

我们还在卧室里找到了甘秀娟的手机，当我试图用她的手机拨打通信录上的电话时，却发现手机内的SIM卡已被注销。我让警员带着SIM卡去了附近的运营商营业厅，获取了SIM的号码，发现这个号码绑定的身份证是甘秀娟的儿子吴天成的。吴天成的身份证一共绑定了两个手机号，主号是吴天成本人在用，副号是甘秀娟在用，猜测甘秀娟的手机号应该是吴天成帮忙办的，所以才会绑定吴天成的身份证。就在去年七月十三日，吴天成用自己的身份证在营业厅办理了甘秀娟所使用手机号的SIM卡挂失补办手续，而后该号码新的SIM卡被吴天成持有。

尸体和现场发现的物证，被送到了市局的法医鉴定中心和物证及痕迹检验中心进行鉴定。

鉴定完成大约需要一下午的时间，我和黄朗则对甘秀娟和她的儿子吴天成的情况展开详细调查。

吴天成本人的手机无法拨通，我们询问了他所在的学校，才知道吴天成从去年七月中旬，就没在学校里出现过，老师和同学也都联系不上他。

而市第一中学方面，也向我们反馈了关于甘秀娟的信息。有一名和甘秀娟熟识的老师反馈，在去年七月底的时候，他还在学校里见到过吴天成，当时吴天成一个人穿过了市第一中学的操场，但不知道是要干什么。那时候正是暑假，学校都放假了，那名老师刚好回学校办事，就看到这一幕，但他也不是很确定那是不是吴天成。

去年8月底的时候，学校教务处收到了甘秀娟的辞职信。那封辞职信特别奇怪，虽然都是甘秀娟的字迹，但却是复印件，字与字之间的距离都很不自然，有种拼接感。当时学校发短信和甘秀娟确认过之后，并没有过多怀疑，就在辞职信上签字盖章，批准了甘秀娟的辞职申请。几日后，吴天成在市中心某酒店为自己的母亲举办了一场辞职宴，邀请了甘秀娟在学校里的一些同事出席。

当那些老师问起甘秀娟的情况时，吴天成说："妈妈正在美国那边帮我办麻省理工学院的入学手续呢，她特地嘱咐我从美国飞回来帮她辞职，同时也是为了感谢各位。"

宴会上，甘秀娟所在的年级主任说，按照程序还需要他母亲提供一份辞职表格，模板由学校提供。

同年十月，年级主任收到了一封从上海寄回的辞职表格，但她反馈称辞职表格一共两页，第一页上面的甘秀娟字迹，有一定的模仿痕

迹；而第二页的甘秀娟签名，很明显不是她本人所签。

但学校并未因此产生过多怀疑，还是按流程走完了甘秀娟的离职程序。

而根据我们的调查，就在去年十月二十日，吴天成的身份证登记信息出现在了本市的一家快捷酒店，订了一个标准间，住了两天以后离店。但由于时间过于久远，酒店的监控录像并未保留，不确定是否为吴天成本人入住。

十月二十五日是吴天成的生日，据他的一位挚友说，吴天成当天还在电话里和他联系过，两人交流了一下学业和毕业之后找工作的话题，之后就再也联系不上了。

我们还从银行调取到了今年二月四日的监控，发现吴天成当天晚上在上海一家银行的 ATM 机上取钱。

也就在次日，二月五日晚，吴天成的舅舅甘秀城收到由吴天成手机发出的短信：我和母亲从波士顿回来，在上海落地，转高铁抵达 F 市，请于明日中午十二点三十分，在 F 市高铁站接我们回家过年。

吴天成这些诡异的行为，令我不禁去想：会是吴天成杀害了他的母亲吗？如果是，那么案发现场该如何解释？门是从内部反锁的，门窗也都是从里面锁死的，每一扇窗户也都装有防盗网。死者尸体旁有其亲笔字迹：我不想活了！案发现场怎么看，都像是一起单纯的自杀案件。

可吴天成这些反常的举动又令我感到，这一切可能并非表面上看起来的那么单纯。

深夜，我来到法医鉴定中心拿尸检报告。陈小芸正坐在她办公室的椅子上闭目养神，在白色的灯光下，她侧脸的轮廓看上去格外柔和。

她听到我的脚步声，睁开眼，冲我点头一笑道："陈警官，你来啦。"

我道："嗯，我是来拿验尸报告的。"

陈小芸将验尸报告递给我说："死者甘秀娟，性别女，生理年龄48岁。腹部右下侧遭利刃刺入，深度达十五厘米，导致大肠破裂，失血而死。死亡时间可以确定为去年的七月十一日。"

我问："死者是自杀的吗？"

陈小芸摇了摇头说："一开始我也这么认为，但奇怪的是死者实际上是在同一处刀口中了两刀。"

我道："两刀？"

陈小芸道："第一刀并不深，不足以立即致命，而且有拔出过的痕迹。致命的是第二刀，这一刀扎得很深。而且这两刀的刺入方向不一致，第一刀，水果刀的刀刃是向下的，也就是你正常握刀时刀刃的朝向，而第二刀是刀刃朝上、刀背朝下刺入。我可以做出如下判断：有人先正面给了被害人腹部一刀，然后拔出，但这一刀不深，被害人开始逃跑。根据现场发现的血液痕迹，第一刀是在餐厅刺入，滴落型血迹一直延伸到玄关，说明当时被害人试图从大门逃出，此时应该是被凶手拦住了去路，挣脱后，她又顺着走廊一路跑进厕所。被害人因为受伤，仰面倒在了厕所的地板上，凶手上前，面朝死者下半身方向，朝第一刀的刀口处深深地扎了那致命的一刀。"

我道："也就是说，凶手很有可能逼迫死者在生命的最后时刻写下那句'我不想活了'，目的就是伪造自杀现场。"

陈小芸点了点头道："是的。另外，负责物证及痕迹检验工作的同事在刀柄上提取到了两种指纹，一种是被害人的，另一种是陌生指

纹，有待比对。另外，浴巾上的血迹确定和被害者一致。"

我立马去了一趟痕迹检验中心，在那里，我让技术人员将那个陌生指纹输入数据库中进行比对。通过计算机比对，我们找到了那枚陌生大拇指指纹的匹配身份，是一名成都户籍的名叫柯洁的二十三岁年轻女子的指纹。

指纹并未与我想象中的吴天成匹配。

我们试图通过她在办理身份证时所登记的手机号码联系上她，却发现那个号码已经变成空号了。

我们在案发现场周围进行了走访调查，很快得到了线索，距离案发现场一百米远的一家小卖部的老板回忆说："就是去年七月十一日的上午八点多，甘秀娟到我店里买了些水果，还买了一把水果刀，说什么儿子要带女朋友回家吃饭，她给买些水果回家削给儿媳妇吃。"

我问："你确定那是甘秀娟？"

老板笃定道："那当然，她老在我店里买东西，我和她早就认识了。"

我问："你怎么对时间记得这么精确？"

老板道："哎呀，那天正好是我生日，甘秀娟还特地祝我生日快乐呢。我生日那天发生的事儿，我怎么会不记得日期？"

黄朗道："你胡扯，我去年生日那天发生了啥，我都不怎么记得了，你怎么能够把时间和事件匹配得这么快？"

老板道："哎呀，这事儿……我、我不好说。"

黄朗道："我劝你有话快说，你现在具备重大作案嫌疑！"

老板吓坏了："哎呀，警官，这事儿跟我没关系啊。"

黄朗道："那你为什么把日期记得这么清楚？"

老板道："她……她……她那天很反常，突然说什么老公死了，很寂寞，看我人不错什么的，想和我谈，还……还亲了我一口，我这能不记忆犹新吗？"

我和黄朗互相看了看，不知道该说些什么好。

我们将现场发现的那把刀的照片出示给老板，老板看后，和他店里销售的水果刀进行了比对，确定道："对对对，就是这个型号的刀，她就是在我这儿买的！但、但、但是二位警官，我、我不是凶手啊，这事儿跟我一点儿关系都没有！"

我问："你卖的刀，都是未拆封的吗？"

老板道："是啊，塑料包装封得好好的呢，买了才能拆开。"

黄朗分析道："刀是当天新买的，有塑封，柯洁在此之前不可能在上面留下指纹。这只能说明，柯洁的指纹的确就是在去年7月11日留在刀上的。柯洁很有可能就是凶手，并且应该就是甘秀娟买水果刀时对小卖部老板说的，儿子当天带回家吃饭的女朋友！而案发后，二人一起畏罪潜逃，人间蒸发了。"

我道："可门是从内部反锁的，门窗都是从里面锁死的，他们杀完人之后，又是怎么从那间屋子里逃出去的呢？"

黄朗道："抓到他们不就知道了？"

这的确是一桩高智商的密室杀人案！

我还是有些心急，针对这个问题专门去监狱询问了罗谦辰。罗谦辰听完之后，只是沉默了片刻，然后说："你得学会从人性去分析这个问题。"

我道："人性？"

罗谦辰道："是的，也许并不存在什么所谓的高智商密室杀人，凶

手也并没有任何诡计和作案手法，他们只是把人杀掉，就慌忙地离开了案发现场。"

我道："可是……那个从内部反锁的门，以及现场清理血迹的痕迹……"

罗谦辰道："门，是被害人自己反锁的。"

我道："你说什么？被害人自己反锁门？她既然都有能力自己反锁门了，干吗不直接开门逃出去求救？"

罗谦辰道："为了保护自己的学霸儿子，一旦她开门逃出去，她儿子的前途也就此葬送了。"

我道："作案过程你认为是……"

罗谦辰道："你暂时没有给我提供详细的案卷材料……"

我道："因为还在整理，并且……这次见你，是我私下来的，没有得到领导审批。"

罗谦辰道："我理解。我是说就你口头向我表述的情况来看，当时案发现场的情况应该是这样的。吴天成和柯洁出于某种原因，可能与甘秀娟发生了争吵。柯洁在餐厅持刀捅伤了甘秀娟，但那一刀并不深，可能会导致甘秀娟缓慢死亡，但并不会立即死亡。吴天成带着柯洁逃离住宅。甘秀娟为了保护自己儿子的前途，决心将现场伪造成自杀现场。她捂着伤口，离开餐厅，穿过客厅和餐厅之间的过道，将门反锁。这时，她转身进入厕所，取下浴巾，将浴巾摊在地上，以跪姿前行，擦拭地上的血迹。这么做的目的是防止自己腹部伤口的血迹继续滴落在地板上，这就是你们在那块浴巾上发现了来自被害人的大量滴落型血迹的原因。她擦拭完血迹之后，回到厕所，倒在地板上，用血在地上写下那行字，而后举起刀，为了让人看上去像是只中了一刀就死，她按照原伤口深深地扎了下去。"

听完罗谦辰的分析，我被一个母亲伟大的爱所震撼，这也是目前唯一一个能够解释案发现场的推理。

可是伪造密室欺骗警方，这种事情以一个普通的单身母亲、中学教师，又是如何能够想到的呢？

罗谦辰推测，甘秀娟一定是受到了某些推理类文艺作品的启发。之后，我找到了这一佐证。我们在甘秀娟生前的办公室里找到了一本书，是甘秀娟收缴的一本学生的课外书籍，一部推理小说，森村诚一的《东京空港杀人事件》。书中刚好讲述过一位父亲被女儿捅伤，为了包庇女儿，反锁房门，伪造成密室自杀现场的桥段。

看来，正如罗谦辰推理的那样，甘秀娟果然是受了文艺作品的启发才会如此行事。当时受伤的甘秀娟捂着伤口，突然想起看过的那本小说，她觉得自己那时那刻的处境，和那部小说里描述的如此相似。或许，可以按照小说里的方法，帮助儿子逃过法律的制裁呢？于是，她就开始了罗谦辰所推断的后续一切行动。

这种案例虽然在现实中并不多见，但是在许多推理小说中偶有见到，例如埃勒里·奎因和横沟正史等作家的推理小说中，便用到过死者出于某种目的和缘由自杀，并且在自杀前制造了密室型案发现场的桥段。

甘秀娟真的将推理小说里的情节用进了现实中吗？

这难道就是真相？

事情真的这么简单吗？

我又问："那条短信，二月五日，吴天成的舅舅甘秀城收到的那条短信，他为什么要发短信跟舅舅说，自己要和母亲回老家过年，让舅

舅去接，而他又没有按照约定时间出现？当时他不是应该极力隐瞒自己的行踪吗？可那一条短信很显然在某种程度上可能引起家人怀疑。果不其然，就是那条消息导致了甘秀城报案，继而东窗事发。"

罗谦辰微微一笑道："你是怎么分析的？"

我道："我认为他是在炫耀，在犯罪心理学上，这是一种反社会心理的表现，他想要炫耀自己的作案成果。也就是说，实际上他就是故意想让人发现案发现场，所以才事先张扬。"

罗谦辰摇了摇头说："并不是这样，我们依旧要从最基本的人性去分析。吴天成逃亡在外，已经逃了好几个月，这种日子很难熬。再加上，当时快要过年了，那种难熬的情绪越发强烈，他开始犹豫，想到要自首。于是，二月五日那天，他出于某种原因，可能喝多了，有可能是受到了什么东西的触动，那种自首的情绪在他心中达到了一个爆点，因为只有自首，这种难熬的情绪才会得到解脱。但是，他又不敢自己去自首，毕竟还只是一个大学生，于是他就给舅舅发了那条短信，他是希望回老家之后，将事实和盘托出，让舅舅陪他去自首。"

我问："可为什么他没按约定时间出现？他舅舅并没有接到他，之后他就杳无音信了。"

罗谦辰道："因为第二天他就后悔了，他开始考虑自首的后果，也有可能是他女朋友阻止了他。他一旦自首，他的女朋友就会被判死刑，他也会被作为从犯服刑。所以，理智最终战胜了他内心的情绪，他关闭了手机，断绝了和过去的一切联系，只是那条发出去的短信再也无法撤回。"

我们对吴天成和柯洁发出了通缉令，在逐步调查中，我们得知了

第三个案例
天才弑母案

一个更为惊人的消息,柯洁有一个不为人知的身份,她一直进行着地下性交易。

而吴天成是她的客人,两人从交易发展成男女朋友关系。

3月1日,就在甘秀娟尸体被发现的半个多月后,我们通过天网系统,在K市机场的高架桥上发现了犯罪嫌疑人吴天成,而后,机场警方迅速对其实施了抓捕,并且在他身上搜出了五部手机和三十多张假身份证。

我和黄朗连夜赶到K市,对吴天成进行了突击审讯。

审讯室里,吴天成看上去很平静,就像什么都没发生一样。

没想到,吴天成还没等我们开口,便冒出了一句令人匪夷所思的话:"听说……最近发现黑洞了。"

我和黄朗互相看了看。

黄朗拍了拍桌子道:"你别给我打岔,我们问你什么,你回答什么。"

吴天成并未理会,而是自顾自地说:"爱因斯坦又对了,这是他在相对论中的预言,大质量的天体在坍缩之后,会在宇宙中形成一个体积极小、密度和质量极大的无限深的时空凹陷,可以吞噬一些物质,就连光都无法逃逸。"

黄朗道:"你说什么呢?!"

我深吸了一口气道:"吴天成,我们知道你是学霸,喜欢探讨学术问题,但这些东西并不是今天的主题,如果你想探讨,可以等今天的讯问结束。"

吴天成冷笑起来:"其实,我就活在黑洞里,从一出生开始,我的世界里就没有光。"

我道:"看来你的人生经历并不算愉快?"

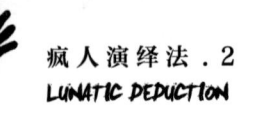

黄朗道："你少扯淡，你一学霸有什么不愉快的？还没有光？北大是多少人的梦想，你随随便便就进了；进了北大，依旧是学霸，你还敢说你的世界没有光？你是被光环笼罩着的！知足吧！"

吴天成道："我只是比常人更容易学习知识而已，但我从一出生，就必须按照那女人交代给我的方式去走。"

我道："那女人？你是指……你妈妈？"

吴天成道："是的。那个女人的掌控欲实在是太强，她不允许我拥有自己的思维，一切都要按照她的安排行事，只要没有听她的话，她对我非打即骂！我没有享受过任何童年的快乐，哪怕是少年时期，我都只能成为一个学习的机器。"

我道："你妈妈这是为你好，不然，你怎么上北大？"

吴天成又冷笑起来："上北大？我为什么要上北大？是她希望我上北大而已，她问过我的感受吗？她甚至有洁癖，那种变态的精神洁癖你懂吗？我所看的电影、看的书，全都要经过她的审核，因为她生怕哪些书里面有少儿不宜的内容，哪怕是男女接吻的画面她都认为是肮脏的。她和我爸根本就没有爱情，她生下我也只是为了完成她父母给她制定的任务。就连我爸死了，她都不管不顾，甚至还阻止我去看我爸，就因为她需要我继续在学校学习，和她一样做一个冷血的机器。"

我道："看来你和你妈妈的矛盾根深蒂固？"

吴天成道："是的。我就是要打破她的约束！她有精神洁癖，那我就拿着学校给的奖学金去嫖娼！我还和性工作者恋爱！"

我道："那个和你恋爱的性工作者，是柯洁？"

吴天成道："没错。"

我问："柯洁现在在哪儿？"

天才弑母案

吴天成邪笑了起来，那笑容十分可怖。他面容狰狞道："她死了。"

我和黄朗互相看了眼，似乎黄朗早就猜到了这种可能性。

我问："怎么死的？"

吴天成道："我杀了她。"

我问："为什么？"

吴天成道："我为了她，和那个女人决裂！那女人不让我和她在一起，我就握住她的手，亲手杀掉了那个女人！可是，她却拒绝了我的求婚。那天，我和她在上海的出租屋里，我取了十五万元，向她求婚。可是她却拒绝了我。我一怒之下，用刀抹了她的脖子，把她分了尸，尸体扔进黄浦江里喂鱼了！"

我倒吸了一口凉气："你还记得你是哪天杀掉柯洁的吗？"

吴天成道："今年年初，二月四日晚上。"

我道："那么你次日又为什么给你舅舅发那条短信？"

吴天成道："我杀了柯洁，情感上觉得很落寞，因为我为了这个女人抛弃了一切，她却并不想和我在一起。再加上当时快要过年了，我很不舒服，想要解脱，想要自首，于是我想到让我舅舅陪我去自首。可短信发完没多久我就后悔了，只好关了手机，坐长途车逃到了K市。在K市，为了掩人耳目，我还通过公共厕所里经常看到的小广告，在黑市购买了许多假身份证。我这其实就是利用二代身份证的漏洞，很多人的身份证丢了，就会流到黑市上，因为二代身份证无法注销，是可以继续使用的。我就用这些假身份证开房。但是，火车站和机场我是绝对不敢去的，因为我怕被监控认出来。"

我道："可我们居然是在机场抓住你的。"

吴天成道："这也是为了爱吧。到了K市之后，我白天在补习班当

老师，给小学生补课，晚上就在夜总会当男招待。"

我道："夜总会男招待？"

吴天成道："就是那个……你懂的。"

我问："为什么要干这个？"

吴天成道："赚钱嘛，而且干这行，夜总会也不会那么严格地调查我的身份，大家都用的假身份，谁都不会去查谁。另外一个嘛，满足一下自己那方面的需求。"

黄朗敲了敲桌子："说重点，你这么谨慎，为什么会出现在机场？"

吴天成道："我爱上了夜总会的女经理，她让我送她去机场，我心想去了不进航站楼，也不坐飞机，立刻就走应该没什么，可没想到还是被你们抓住了。"

我们立刻动身前往上海。在吴天成所说的那间出租屋内，我们通过技术手段检测到了多处被擦洗过的喷溅型血液痕迹，通过和柯洁家人的 DNA 比对，确定这些血迹正是来自柯洁本人。

而柯洁的尸体，由于被吴天成碎尸并抛入黄浦江，所以暂时还未寻得。

吴天成承认自己协同柯洁杀害甘秀娟，而后在上海激情杀害柯洁的一切犯罪事实。他被判处死刑立即执行。他并没有上诉，而是在法庭上请求法官："请尽快执行死刑！"

说完，他就当庭哈哈大笑起来。

在吴天成死刑执行日的当天上午，我在监狱里和罗谦辰一起吃了一顿早餐。我把吴天成即将被执行死刑的消息告诉了他："吴天成的死刑，将会在今晚九点执行。"

第三个案例
天才弑母案

罗谦辰端详着杯子里的水,好一会儿没有说话,终于,他抬起头来说:"我看了你提供给我的卷宗,整个办案过程你们似乎忽略掉了一个很关键的东西。"

我问:"什么?"

罗谦辰道:"你们似乎从来没有调查过,去年七月十一日,也就是案发当天,吴天成究竟在哪儿。"

我道:"还能在哪儿?在他家里啊。他自己都承认了,那天他协同柯洁杀害了甘秀娟。"

罗谦辰轻轻地喝了口水,深邃的眼神当中充满了忧虑:"我觉得你们应该去调查一下,去年七月十一日那天,吴天成究竟在哪儿。"

我觉得罗谦辰多虑了,但还是按照他所说的进行了调查。我直接查询了吴天成去年的银行卡消费记录,发现在去年的七月十日、七月十一日、七月十二日,他每天分别有一次五千元的消费,合计消费一万五千元。

我查到了消费来源,是一家私人会所,那家会所表面上经营的是茶道文化。当天下午,我和黄朗针对这家私人会所进行了突击检查,发现会所内部实际上从事的是黄色交易。我们逮捕了会所上下一干人等。

我向会所的涉案人员亮出了吴天成的照片,问:"这个人,认识吗?"

会所的接待道:"认识,认识。这……这不是吴总吗?"

我道:"他经常来这里消费?"

会所的接待道:"不不不,不经常,但我们对他印象深刻。"

我问:"为什么?"

会所接待道:"去年七月,他一来就连包三天,整整三天都住在我们会所里,没出去过。"

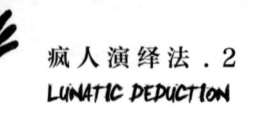

我道:"你确定?"

会所接待道:"不信你可以问问给他服务的技师。"

技师道:"哎呀,这吴总那方面可强了,根本满足不了他,足足三天,我们姐妹们都快累死了。"

我问:"是去年七月的哪三天?"

会所接待道:"稍等。"

随后,他调出账单,查阅一番后道:"是去年的七月十日、十一日、十二日。"

"糟了!"我和黄朗几乎同时喊出了这两个字。

我立马给看守所打电话,要求他们停止今晚对吴天成的死刑执行计划。可是看守所却告知我们说,需要法院出具的相关文件。

一切都迟了,当我们联系法院,要求他们批准停止执行死刑的文件时,吴天成的死刑在当晚九点准时执行了。

"的确和你预料的那样,七月十一日那天,吴天成有整整一天的不在场证明。"监狱里,我对罗谦辰道,"可是我不明白,为什么吴天成明明有不在场证明,却不肯说出来,偏偏要揽下全部的罪行?"

罗谦辰道:"因为最基本的人性,爱。他爱柯洁,所以为了保护她,他甘愿承担全部的罪行。"

我道:"可是柯洁已经死了,被他亲手杀害的!"

罗谦辰微微一笑道:"你们找到柯洁的尸体了吗?"

我道:"没有……难道……"

罗谦辰道:"想听听我的推理吗?"

我点了点头:"请说。"

第三个案例
天才弑母案

罗谦辰道:"从你提供的案卷材料来看,甘秀娟应该是一个典型的偏执型人格障碍患者。这种人格,其实是极端自私的,并且有着极强的掌控欲,只要他人没有按照她的想法来,就会引发她的极端情绪,她会暴怒,甚至心生仇恨,甚至想要毁掉对方。而偏执型人格障碍者正因为其极端自私,所以也同样极端地在乎自己的形象,哪怕是死后的形象,所以她即便要毁掉对方,也会给世人呈现出一副伟大无私的形象。"

我道:"你的意思是说,吴天成不听甘秀娟的话,坚持要和一名性工作者在一起,于是极端偏执和有精神洁癖的甘秀娟,要毁掉她自己的儿子?可甘秀娟是被害人,她死了!"

罗谦辰道:"她正是用自己的死,来毁掉自己的儿子!"

我道:"这怎么可能?"

罗谦辰道:"她蓄谋已久。那天上午,她故意去自家附近的那家小卖部买水果刀,特别提到儿子要带女朋友回家。为了给老板留下深刻印象,她特地挑在老板生日那天,并且还假装喜欢老板,亲了他一口。这一系列的举动,都是为了让小卖部老板牢牢地记住七月十一日这个日期。"

我道:"可是,七月十一日,吴天成在私人会所里,他根本就没有和柯洁一同回家。"

罗谦辰道:"吴天成的确没去,但柯洁去了。我猜想,吴天成那时就已经和自己的母亲有了很深的矛盾,所以即便是暑假,也没有回家,而是拿着奖学金在外面鬼混。柯洁觉得既然是伯母邀请,还是去一趟的好,于是,她独自一人到了甘秀娟家中。甘秀娟可能以削水果为名,哄骗柯洁去餐厅取水果刀,就在柯洁取出水果刀面向甘秀娟的

一瞬间，甘秀娟扑了上去，刀刃插入自己的腹部。柯洁慌了神，立马松手，刀跌落在地，这也就是甘秀娟腹部第一刀伤口比较浅，不足以立刻致命的原因。柯洁以为甘秀娟要死了，慌忙逃离。甘秀娟计划的第一步得逞了，她开始进行她的第二步。她将门反锁，开始擦拭房子里的血迹，而后进入厕所，躺下，在原伤口处又深深地扎了自己一刀，并且在现场留下那行字迹。她这么做，表面上是为了将凶杀现场伪装成自杀现场，让杀人者逃脱制裁；实际上，她是真的在自杀，并且成功地误导办案人员将杀人的罪名扣在了柯洁和儿子身上，还给自己塑造了一个伟大母爱的形象。而吴天成很快中招了，他为了保护柯洁不至于背负杀人的罪名，开始了后续我们已知的一系列行动，那条引起东窗事发的短信，现在看来也是他刻意为之。并不存在什么求婚不成激情之下杀害柯洁，他只是伪造了一个案发现场。他用注射器抽了一管柯洁的血，在出租屋内喷溅，而后擦拭干净。他知道擦拭之后，警方也会用特殊试剂检测出来，这样便可以坐实他杀害柯洁并清理犯罪现场的罪行。而柯洁实际上并没有死，此刻应该是逃到某个不为人知的角落里躲了起来。吴天成则用自己的死，将这个秘密永远地深埋在了地下。这就是我的全部推理。"

可是，这只是罗谦辰的猜想而已，并不具备更多实质性的证据。

唯一能够作为佐证的，是吴天成的中学同学提供的一段他们中学时的QQ聊天记录。

同学：吴天成，你怎么那么听你妈妈的话？你这种"妈宝男"会找不到女朋友的啊！

吴天成：如果我不听她的话，她会想办法弄死我的。

当时，所有人都认为这只是一句玩笑话。

可我还是觉得不对头，为了寻找证据，我开始整理之前所获得的所有线索。我总觉得吴天成的母亲甘秀娟反锁门的原因，并不是罗谦辰推理的那样。

我突然想到，当时在案发现场并没有发现甘秀娟家的钥匙。这是不合理的，甘秀娟的钥匙去哪儿了？

于是，我回到了案发现场，又进行了一次搜查，钥匙的确不在甘秀娟家中。

难道说，钥匙被当天在现场的柯洁拿走了？

就在我陷入疑惑当中的时候，楼道里有一个老大爷走了过来："你是警察吧？"

我说："是的。"

老大爷道："上次你来查案，我没好说，但想来想去，有个情况我想向你反映一下。"

我道："老爷子您说。"

老大爷道："这家女人出事那天，我看到楼下不远的那个小卖部老板就站在她家门口，用钥匙捅门，但是没捅开。"

我道："什么时间？"

老大爷摇了摇头道："不记得了。之后又看见他出现了好几回，每回都拿钥匙捅门，但没捅开。"

我问："您当时看到了？为什么不报警？"

老大爷道："我这不……年纪大了……多一事儿不如少一事儿吗？"

我立即前往那家小卖部，小卖部的老板见到我，明显有些慌张道："领、领导，什么风又把您给吹来了？"

我道："我就问你一个问题，你老实回答，回答错了，要承担法律

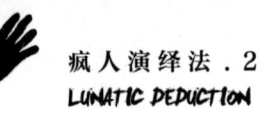

责任。"

老板紧张道："什……什么……什么问题啊？"

我道："你是不是有甘秀娟家的钥匙？"

老板道："您、您是怎么知道的啊？"

我问："甘秀娟家的钥匙，怎么会在你这儿？"

老板道："她、她、她那天来买刀，钥匙落在我这儿了。我回去给她还钥匙，结果门里没人回应。"

我问："没人回应你，你就用钥匙捅门啊？想进去偷东西啊？"

老板道："不是不是，我这不是想着开了门，把钥匙放进去吗？绝对没有偷东西的意思啊。"

我问："那门你捅开了吗？"

老板道："没有。"

我道："钥匙不对？"

老板道："是对的，那就是她家钥匙。我本来都要打开了，就听到里面传来急匆匆的声音，又把门给拉上了，还从里面给反锁了。然后我就听到甘秀娟的声音说，让我赶紧走。我说我是来还钥匙的。她说钥匙改天再还，让我赶紧走，然后我就走了。之后我又去还钥匙，但门里没人回应了，这一来二去好几次门也打不开，我就把钥匙放我这儿了。哪知道她已经死在里面了。"

我道："我们第一次对你问话的时候，你怎么不说？"

老板道："我哪儿敢说啊？我要是说了，你们指定怀疑是我杀了她！"

甘秀娟将钥匙落在了小卖部，她回家是无法开门的，说明当时她家中一定有人给她开门，那个人就是吴天成的女友柯洁。

而捅刀事件，一定是在甘秀娟买完菜回家之后，到老板前去还钥匙这期间发生的。

如果这一切都是实情，那么，甘秀娟将门反锁的动机，仅仅只是防止小卖部老板用钥匙开门。

她当时应该已经受伤，所以，她并不希望自己受伤的状况被人看到。因为一旦小卖部老板看到她受伤，就一定会带她去医院，同时也就证明了，她主动扑向柯洁从而刺入自己腹部的那一刀根本不足以导致她的死亡。她必须让外界认为，是柯洁的那一刀杀害了她，她之后在同一伤口补上的那深深的一刀，便也是这个目的。所以，她只能将门从内部反锁，不能让当时突然闯到门前的小卖部老板看到这一情形。不然，她一切的嫁祸计划就都落空了。

所以，反锁门，并不是为了制造密室，也不是为了给自己营造一个伟大母爱的形象，而只是一个单纯的意外。

可是，那本《东京空港杀人事件》又怎么解释呢？

那本书分明提到一个父亲为了包庇刺伤她的女儿而反锁房门，制造密室伪造自杀现场的桥段。

那本书是在甘秀娟办公桌的抽屉里发现的，那个抽屉一直都只有甘秀娟使用。我们推测那大概是她向学生收缴的一本课外书籍。她应该是看过那本书，才会做出制造密室的行为。但目前来看，她并没有想要制造密室。难道说，那本书的出现只是一个巧合？甘秀娟只是将它放在抽屉里，根本没看过？

为此，我专门去了一趟物证及痕迹检验中心，让那里的同事对这本书进行了痕迹检验，令人惊讶的是书上并没有发现甘秀娟的指纹，倒是发现了吴天成的指纹。

这是很不合理的。

如果那本书是甘秀娟在课堂上收缴的，那么，书上必然会有她的指纹。而那本书一直躺在甘秀娟的办公桌里，吴天成不可能接触到，所以，书上不应该有吴天成的指纹。

　　我走访了甘秀娟班里所有的学生，他们都不知道有这么一本书存在。

　　我突然回想起甘秀娟生前任教学校的那名老师的回忆，在去年七月底的时候，他还在学校里见到过吴天成——当时吴天成一个人，穿过了市第一中学的操场，但不知道是要干什么。

　　那本书，应该是吴天成那个时候悄悄放进甘秀娟的办公桌抽屉里的。

　　如果真是这样，吴天成这么做的动机是什么呢？

　　对此，罗谦辰的解释是："他想误导你们警方，同时也误导了我。他的确很聪明。"

　　我大为不解："误导我们？"

　　罗谦辰微微颔首道："是的。他误导我们，让我们误以为甘秀娟是在按照那本书里描述的情节去制造密室。"

　　我道："可他为什么要这样误导我们？这样做只会对他自己不利。"

　　罗谦辰道："柯洁在事发后，应该向吴天成描述过当天的情形，是甘秀娟自己扑到了刀口上。或许，他那时候已经意识到，他母亲想要用自己的死，亲手毁掉他和柯洁。而柯洁并不知道那一刀没有导致甘秀娟的死亡，所以吴天成会认为甘秀娟的死，是柯洁那一刀造成的。"

　　我道："那他就更不应该去放那本书了。原本我们可能会认为那只是一起自杀案，但那本书能够让我们直接怀疑，甘秀娟这么做是为了保护自己的儿子……"

第三个案例
天才弑母案

罗谦辰道:"他就是希望我们产生这样的想法。"

我道:"让我们产生他杀了母亲,而母亲临死前制造密室保护他的前程的想法,这对他有什么好处?"

罗谦辰道:"他这么做,依旧是为了保护柯洁。因为那本书里描述的是女儿捅伤了父亲。他希望我们反过来思考,是儿子用刀捅杀了自己的母亲。同时,他知道自己的母亲生前最在乎脸面,他这么做也是为了给甘秀娟塑造一个伟大的母爱形象,让自己的母亲死得更加光辉。而代价便是他把所有的罪,全都揽在了自己身上。"

我道:"可是这样的话,案发现场甘秀娟写下的那行'我不想活了'就没办法解释了。之前按照你的分析,那行字是甘秀娟故意制造密室之后的反向操作,是想让我们警方认为她是为了保护自己的儿子而故意伪造自杀现场。这一切的前提都是建立在甘秀娟主动制造密室给自己塑造伟大母爱形象的推论上的。按照之前的推论,甘秀娟提前在小卖部老板处买新水果刀,目的就是在刀上留下柯洁的指纹;并且她特地在老板生日那天动手,还特地提到自己的儿子和女友当日到家中吃饭;她又亲了老板一口加深其印象,让他记住这个日期。那么甘秀娟清楚,即便她制造了密室,我们警方依旧会通过刀上的指纹以及老板的证言,推理出她并非自杀那么简单。于是自然而然地就会令我们得出推论,吴天成协助柯洁持刀捅伤母亲,母亲为了保护儿子前程而故意将门反锁制造密室自杀现场,并且在地上写下'我不想活了'几个字,让我们认为这些都是为了保护吴天成。于是甘秀娟的反向操作完成了,她既把杀人罪名扣给了柯洁和吴天成,又将自己塑造得格外伟大,这都是你之前的推论。但目前的情况是,甘秀娟并没有故意制造密室,反锁门只是为了阻止小卖部老板的闯入。那么,她就并没有想要主动给自己塑造伟大母爱形象的意图。既然如此,要将杀人的罪名扣在柯洁和吴天成头上,完全可以在给自己伤口补刀之后直接死去,而不必在死前写下那行字,那行字反而有可能导致我们警方真的将现场当作是自杀案件处理。"

罗谦辰道:"一开始,甘秀娟的一切做法,的确是想要将自己的死嫁祸到柯洁头上。或许她只是想害柯洁,并不是我一开始所推理的那样想害吴天成。她想以此让柯洁受到法律的制裁,这样她就能够让柯洁永远地离开自己的儿子。因为她认为柯洁是肮脏的,有精神洁癖的她绝不能容许自己的儿子被污秽玷污。正如人之将死,其言也善,也许在甘秀娟死亡前的最后一刻,她的思路发生了转变。以她对她儿子的了解,她想到吴天成很有可能会替柯洁去承担这份罪名。她后悔了,但是她的死亡已经无法避免,而那一刻,她不希望自己的儿子会因为她的死,背负上协同杀人的罪名,于是她在临死前写下了那句话。那一刻,她是真的希望你们警方能够将其当作自杀处理,因为她的确是自杀的。"

不久,柯洁主动向我们自首了,这证明了罗谦辰推理的正确,同时,在柯洁主动提供的证言中,我们了解到当时的确是甘秀娟主动扑向她手里的水果刀的。

当刀刃刺入甘秀娟腹部时,她还咬着牙说道:"我要让你背上杀人的罪名!我要让你离开我儿子!你等着坐牢吧!"

柯洁当时以为甘秀娟要死了,松了手,将刀扔下便仓皇逃离了。回去之后,她找到吴天成说明了一切情况,她认为那一刀导致了甘秀娟的死,她难逃干系。为了帮助柯洁脱罪,吴天成策划了我们已知的一系列行动。

这一切都和罗谦辰的推理一致,就仿佛他亲眼所见一样。

但吴天成的死,并不冤。

在对柯洁的高压审讯下,她逐步供出了吴天成在逃亡过程中,由于害怕被人认出,连续杀害三名无辜路人的犯罪事实。

所以,他的死刑是罪有应得。

第四个案例

疯狂虐猫人

第四个案例
疯 狂 虐 猫 人

当我来到监狱时,天空飘着雨,我得知罗谦辰正在接受一名记者的采访。隔着单面玻璃,我偷看了他们在会面室的谈话过程。

只见那名记者戴着眼镜,很清秀,一副斯斯文文的模样,手里拿着记录本和笔,一边听着罗谦辰在铁窗另一面的叙述,一边详细地记录着。

他们二人的对话,涉及了他们的初次见面,那是记者对罗谦辰的第一次采访,地点是在罗谦辰的家里,准确地说是在家中的饭厅内,罗谦辰为他精心烹制了一份香嫩可口的牛扒。

从对话中,我听出这是他们的第二次见面,然而两个人看上去却像是相识多年、久别重逢的老友。

两人的眼神,甚至令人感到一种说不出的纠缠。

接着,他们又进行了一大段玄之又玄的对话,对话内容和人、物质、意识乃至宇宙相关,我听得似懂非懂。

采访大约进行了半小时,结束。

会面室的门打开,那名记者从里面走出来,经过我面前。随后,我走进了会面室,坐在了那名记者方才坐过的那把椅子上。

我道:"看来你和方记者聊得很愉快。"

罗谦辰微微一笑，没有说话。

我道："我看过记录，算上他在你家对你的那次采访，这应该是你们的第二次见面，也就是说在此之前，你们也仅仅只见过那么一回。我还是不明白，就那么一次短暂的见面，你为什么会对他如此执着，或者说……"

罗谦辰道："或者说如此上心？"

我道："这是你自己说的。"

罗谦辰道："我上次就说过了，因为他很重要。"

我耸了耸肩道："看来你还是不打算告诉我真正的原因。"

罗谦辰道："你这次来，不只是为了探索我和方洋之间的秘密的，对吗？"他说着，将目光落在了我手里的包裹上。

我将包裹打开，露出了一只已经死掉的英国短毛猫。

而这只猫身上，布满了密密麻麻的缝合线。

它被人残忍地分解成了八块，而后又用缝合线拼接在了一起。

我道："就在一周前，一个名叫黄海轩的二十二岁的青年男子向其所在辖区派出所报案，他向民警展示了盒子中的猫，就是眼前这只。正如你所见，这只猫被人大卸八块又重新拼合在了一起。"

罗谦辰凝视着猫，像是在观察着什么，没有说话。

我继续道："在做笔录的过程中，黄海轩请求民警将他逮捕，他说他完全无法控制自己的虐猫行为，而这种行为很可能会导致他杀人。但由于在我国，虐猫和杀猫并不违法，而他又并没有杀人，也无任何犯罪前科，履历干净，所以民警无权逮捕他，只是劝他去看心理医生。"

罗谦辰道："我猜这个黄海轩失踪了，而你们在某处发现了一具人类的尸体，尸体很有可能被大卸八块又重新拼合，如同这只猫。"

我道："你是怎么知道的？"

罗谦辰耸了耸肩："我只是随便猜猜，没想到猜中了。"

我狐疑地看着他，继续道："昨天上午，我们在郊外的一条河边发现了一具穿着白色连衣裙的成年女性的尸体，正如你所说，尸体被肢解成八块，又重新缝合在一起，显然连衣裙是在凶手对被害人完成肢解与缝合之后给死者穿上的。我们在尸体的右手心里发现了一个纸团，展开之后，发现上面写着几句扭曲的话：'快阻止我！我控制不了我自己！就如同我无法遏制自己去虐杀那些猫！'我们在尸体上提取到了陌生指纹，包含大拇指指纹。联系到数日前派出所民警曾接到一个名叫黄海轩的人关于自己虐猫的报案，我们立即将该陌生指纹的大拇指指纹，和黄海轩报案时在派出所录入的大拇指指纹，以及其办理身份证时所录入的大拇指指纹进行了比对，确定该陌生指纹和黄海轩匹配。"

罗谦辰道："随后你们去了黄海轩的家里，在他家里发现了大量被以相同手法虐杀的猫的尸体。而黄海轩本人，则消失得无影无踪。"

我点了点头道："是的，很显然，他是一个精神病患者，完全无法控制自己的行为，如果不尽快抓住他，可能会有下一个无辜的被害人出现！"

罗谦辰道："告诉我黄海轩的全部背景资料。"

我道："根据我们的调查，黄海轩的父亲有精神分裂症，在黄海轩十二岁那年，他的父亲用家里的菜刀，把自己的妻子也就是黄海轩的母亲砍死了。父亲被判处死刑。黄海轩成了孤儿，被政府送去福利院，并在慈善基金的资助下完成了学业。福利院和学校的老师都评价他是

一个品学兼优的好孩子,高考以优异的成绩考进了上海的一所重点大学心理学系。大学毕业后,回到本市的他并没有立即找工作,而是依靠在大学时期做兼职赚的钱,在本市租了一间五十平方米的房子,这一年来他离群索居,也不和自己的同学以及福利院的老师联系,没有人知道这段时间他究竟在干什么,直到本案案发。"

罗谦辰听完我的叙述,沉默了片刻道:"如果我的分析是正确的,你所提到的黄海轩十二岁那年,他的父亲杀害他母亲的案子当中,黄海轩母亲的尸体被他父亲肢解成了八块。"

我道:"是的!"

罗谦辰道:"如果案发现场所发现的纸团真是黄海轩写下的,那么可以确定的是,黄海轩是一个DID患者,也就是多重人格症病患。"

我道:"我也是这么认为的,他可能具备双重人格。"

罗谦辰道:"而他的另外一重人格,就是他的父亲。"

我道:"他的父亲?"

罗谦辰点了点头道:"首先,精神疾病具备遗传性,尤其是直系亲属的精神疾病,遗传概率可以达到百分之四十以上。少年时,父亲杀害母亲的行为,在黄海轩的潜意识里形成了深刻的烙印。他害怕自己成为父亲那样的人,但潜意识当中越是这样去想,父亲的形象反而越鲜明。这就像此时此刻你对自己说:'不要想山羊!'

"你脑子里第一时间蹦出来的就是一只山羊的形象。久而久之,他感受到了一种沉重的负罪感,这种负罪感越发强烈,让他深深地认为父亲应该弥补杀妻之罪。而这种负罪感,不断地侵蚀着他,让他感觉到这种赎罪正是他自己的责任。

"这强烈的负罪感压得他无法喘息,于是,他开始虐杀那些猫,

第四个案例
疯狂虐猫人

将猫大卸八块,而后缝合回原样。而缝合的过程,正是弥补自己罪过的过程。他希望借此减轻自己的负罪感。但在这个过程中,父亲的形象越发完善,在他的潜意识当中渗透得更加深入,最终,也就导致了父亲人格的形成。"

我深吸了一口气道:"也就是说,最终开始杀人,是由于父亲人格的形成?"

罗谦辰道:"是的。在不断虐杀和缝合猫的过程中,黄海轩逐渐意识到,自己并不能代替父亲去赎罪,赎罪必须由父亲本人来完成,而这种赎罪仅仅在猫身上进行,似乎已经远远不够了。"

我道:"所以才会去杀人?"

罗谦辰道:"是的。父亲人格想要通过杀害成年女性并且依照当年分尸的手法,将死者大卸八块,而后缝合回原样,他正是要在这个过程中完成赎罪,完成对自己罪行的弥补。但由于这种负罪感,并不能由一次缝合过程来驱散,所以他还会进行第二次,甚至更多次的作案。而黄海轩的本格,则一直试图阻止这种行为的发生,于是就有了他去派出所自首,以及在案发现场留下纸团的行为。"

我道:"所以,需要你帮助我们抓住他。"

罗谦辰道:"如果我的分析是正确的,那么,我想向你确认一下,昨天上午发现的那名女性死者,和十年前黄海轩父亲杀妻分尸案中的被害人,二者是否具备极高的相似性?"

我道:"你的意思是说,黄海轩会挑选和自己母亲相似的女人动手?"

罗谦辰点了点头道:"死者应该会和他的母亲在遇害时的年龄一致,并且拥有相同的身高、相同的身材、相同的职业,甚至连发型以及着装打扮之类的细节都会具备相似性。我想,我已经帮助你将黄海

疯人演绎法.2
LUNATIC DEDUCTION

轩下一步的猎杀范围极大地缩小了。祝你好运，陈警官！"

回到市局后，我立即调出了十年前黄海轩母亲遇害案的资料，其母即被害人名叫尚海棠，死亡时年龄为三十五岁，身高一米五一，体形偏胖（指死者死亡前正常体形），职业为出版公司编辑，死亡时身着黑色连衣裙，棕色波浪卷发。

这是对不上的。

因为根据陈小芸给出的尸检报告，郊外河畔发现的那名女性死者的生理年龄为二十八岁，身高一米六五，体形偏瘦，死亡时身着白色连衣裙，黑色长直发。

如果按照罗谦辰的推理，两名死者的体貌特征和年龄应该全部对上才对，可事实是全都没对上，并且大相径庭。

黄朗道："老陈，我就说吧，那厨子也并不是每回都准，这次他算是彻底失算了！"

我陷入了沉思当中，难不成罗谦辰真的错了吗？

案子一下子陷入了僵局当中，罗谦辰给出的推理和线索与现实发生了严重偏差。

一周后，又有一名女子遇害，案发地点是在一处密林当中，被害人被以同样的手法杀害，年龄、身高、体形均和上一名被害人一致，尸体被发现时同样身着白色连衣裙，同样是黑色的长直发。

我和黄朗立即判断出，凶手的作案目标为：女性，二十八岁，身高一米六五，体形偏瘦，着白色连衣裙，黑色长直发。

根据身份调查显示，这两名女性被害人有一个共同的职业——护士。

这两名护士分别来自本市的第一中心医院和第五中心医院。本市

第四个案例
疯狂虐猫人

一共有三十五家医院,这些医院医护人员的简要信息在官方网站都能查询到,信息包括了等级、照片、性别、身高和出生年月。

凶手也一定是通过网站上的信息,挑选出自己的作案目标。

由于发型和体形可改变,而白色连衣裙可由凶手提供,所以,这三项均不作为硬性指标。

而性别、身高、出生年月这三项在正常情况下是无法改变的,被我们作为硬性指标进行筛选。

根据信息汇总,我们可以确定本市符合凶手作案目标条件的女护士一共十三人。我们立即对这十三人进行了秘密隔离,并且派人轮班二十四小时周密地保护起来。

隔离任务结束后,我回到了办公室,刚在办公桌前坐下,黄朗就急匆匆地走过来,在我面前坐下。

黄朗抽着烟道:"老陈,这样也不是办法!我们还是得尽快抓住凶手,总不能永远把这十三个妹子关在这儿吧?另外,黄海轩这小子在本市找不到作案目标了,肯定会流窜至其他城市去寻找目标作案,我们总不能把全国符合条件的护士全都隔离起来吧?"

我点了点头道:"可是,黄海轩两次作案,全都避开了监控范围,目前暂时也没能在监控画面中寻找到疑似黄海轩的可疑人员。我们也正在加大搜索力度。"

黄朗摇了摇头道:"不行不行,这样太慢了。这么大个城市,你每个街口的监控都看,得看到啥时候去?我们得主动一点。"

我问:"怎么主动?"

黄朗道:"引他出来!"

我道:"那也总得有个诱饵吧?"

黄朗道:"从那十三个妹子中,挑一个不就行了吗?"

我断然否定:"这可不行,你让平民去当诱饵,万一出了什么事儿,我们怎么向上级交代,怎么向公众交代?"

黄朗将嘴里的烟头摁灭在了一旁的烟灰缸里,眉头紧蹙:"老陈,你不是和王局都说了,对待非常案件,就要用非常手段嘛!你去找罗谦辰,万一要是出了问题就不怕担责任吗?怎么我提出个非常手段的方案,你就这不行、那不行的?你不能双重标准啊!"

我感觉和黄朗聊得有些口干舌燥,喝了一口茶道:"那不一样,这根本不是担不担责任的问题,这是平民的安全问题,我们不能让无辜的人去替我们承受这样的危险。"

黄朗道:"那就会有更多无辜的人被那个疯子杀害!"

我道:"我说老黄,你不要老是那么冲动,遇到事情冷静一点。"

黄朗道:"行行行,你是刑侦队队长,你是我领导,你说得都对。"

我深吸了一口气道:"虽然平民不行,但在我们警队里,也是有骁勇善战的女警花的嘛!"

黄朗拍了拍脑门儿:"对呀,你不说我都把这事儿给忘了,我这就调资料去,看看咱们警队里哪个妹子合适。"

"你们看我合适吗?"

一个女人的声音从办公室门外传来,我们扭头一看,那个女人正是法医陈小芸。

陈小芸手里拿着一份物证袋,冲我们微微一笑道:"陈队、黄队,不好意思啊,我是来替物证及痕迹检验中心那边的同事给你们送物证检验报告的,刚好听到你们对话。"

我道:"请,请进!"

第四个案例
疯狂虐猫人

陈小芸走了进来,将物证袋递给了我,对我和黄朗道:"怎么样,你们觉得我合适吗?我身高刚好一米六五,体形也和之前两名死者相似。"

黄朗上下打量了几眼陈小芸道:"不是,我没记错的话,你今年都三十三岁了,目标要求二十八岁,你太老了……"

陈小芸只是尴尬地笑了笑,没有说话。

我故意清了清嗓子:"喀喀,黄朗,你说什么呢?"

黄朗道:"本来就是啊,我有说错吗?她都三十三岁了……"

我立即制止他继续说下去:"行啦,老黄,你先出去忙你自己的事儿去。"

黄朗看了看陈小芸,又看了看我道:"行行行,我走,不打扰你们俩。我都懂!"他说罢,起身离去。

陈小芸道:"黄队刚才那句'我都懂',他……懂什么了呀?"

我尴尬道:"没什么、没什么,别听他瞎说,刚才他说的话,你都别放在心上啊。按照现在网上流行的话说,他就一钢铁直男,不会说话,别在意。来,坐,请坐!"

陈小芸在我面前坐下道:"龙敏的事情我们都知道,我也是法医,黄队一定是怕我出事,不希望我当这个诱饵,所以才这么说的。"

我道:"啊,对对对,他、他应该就是这个意思。其实,我也不推荐你参与这次行动,因为很危险。"

陈小芸道:"换别的同事去就不危险了吗?"

我道:"我的意思是……你毕竟只是法医。"

陈小芸道:"可我也是警察。"

我道:"只是因为这个?"

陈小芸道:"第二名死者是我的闺密,我要亲手抓住凶手。"

我们安排陈小芸以护士的身份进入本市第三中心医院,并且要求医院配合,将我们杜撰好的就职信息上传到了该医院的官方网站上,虚假信息为:何韵,女,二十八岁,护士。并且放上陈小芸的全身照,全面地展示出她的体形特征以及黑长直发。

陈小芸以何韵的护士身份,在第三中心医院开始了夜晚的值班。我们的同事则伪装成医院的工作人员以及看病的患者,在院内进行了严密的布控和观察,随时准备应对可疑人员的出现。

前两名死者全都是在深夜下班回家的路上失踪遇害,所以我们预设好了陈小芸下班回家的路线,沿路布控。

前三天晚上,我们全都无功而返,直到第四天深夜,陈小芸按计划于二十三点离开医院大楼,独自一人步行穿过了好几个街区。

这一切都在我们的密切监视当中。

可是很快,我接到总台的通知,称在距离我们的布控范围不到一公里的地方,发生了一起团伙抢劫珠宝店的恶性事件,要求我们警队立即前往支援。

于是,我通过对讲机,通知陈小芸取消当晚计划,然后率领全部布控人马,直奔抢劫案事发地点,和劫匪展开了激战。在随后赶来的特警部队的支援下,我们成功地将这一七人犯罪团伙剿灭,当场击毙三人,逮捕四人。

凌晨零点,我们结束战斗后,还没来得及喘息,黄朗便对着 GPS 定位器道:"糟了,老陈,陈小芸那边怕是出事儿了!"

我看向定位器屏幕,浑身冒汗,因为定位器显示,陈小芸此刻所

第四个案例
疯狂虐猫人

处的位置并不在她的家里,而是以极快的速度顺着公路朝郊外的山区奔去。

我立即拨打了陈小芸的电话,其手机关机。

我和黄朗火速驾车,带领一支十人小队,分两辆车,以最快的速度朝着定位点追了过去。很快,定位点在屏幕上停了下来。

一路上,我的心脏怦怦直跳,生怕陈小芸已经遇害。

黄朗一边开车一边骂道:"哼!那妹子要是出了什么事儿,老子当场把那小子给宰了!"

二十分钟后,我们抵达了定位点停止的地方,这是一条非常偏僻的公路,路边的荒野中有一座废弃的工厂。

厂房边停着一辆破旧的小货车,猜想那便是凶手绑架陈小芸用的犯罪工具。

厂房大门洞开,里面漆黑一片,我们打着手电、举着枪,快速跑入厂房内,可是搜索了一圈,除了陈旧的机器和蔓延的灰尘及角落里交织的蜘蛛网,其他什么也没看到。

我急得喊了起来:"陈小芸!陈小芸!你在哪儿?!"

我们找了好几圈也没找到,只见黄朗站在原地沉思起来,嘴里念念有词:"会不会存在什么隐秘的暗门或者地窖之类的,只是入口被我们忽略掉了?"

就在这时,我听到厂房外传来了汽车的轰鸣声。

黄朗大喝道:"妈的,在车上!"

我们立即冲到厂房外,只见停在厂房边的那辆小货车飞快地掉头开到了公路上。

很显然,我们在快要赶到厂房时,被凶手发现了,当我们赶到的

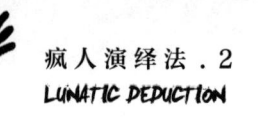

时候，他已经提前藏在了货车里，只是还来不及逃走而已。

趁我们全部进入厂房后，他便找到了逃跑的时机。

我们立马上车，追了上去。

我开车，黄朗坐在副驾上，只见他摇下车窗，伸出手向前方的小货车射击，但子弹只是击中了货车的载货槽，迸射出火花，并未对货车的行驶造成实质性的影响。

我们一路追出了三公里远，最终在一个拐弯处，货车冲出了公路，冲进了右侧的荒地，撞在了一棵大树上。

我们紧跟上去，车还没停稳，黄朗便推开车门，一个箭步冲下了车，一把拽开货车驾驶室的门，将一个瘦骨嶙峋的年轻人从驾驶室内拖了出来。

这个年轻人看上去二十来岁，脑壳撞破了，还在流血，但能看清他并不是我们一直所怀疑的黄海轩。

我们对货车进行了搜查，并没有发现陈小芸。

黄朗用枪指着他，怒喝道："说！人在哪儿？"

年轻人被撞得有些晕晕乎乎，过了一会儿才反应过来，只见他跪地求饶道："我是被逼的，我是被逼的，快救救我女朋友！快救救我女朋友！那疯子会杀了她的！"

我问："谁逼你的？你女朋友又是怎么回事儿？"

年轻人哭着道："我和我女朋友都被他抓了，他把我女朋友关在地窖里，要挟我帮他运送尸体。刚才就是他要挟我，要我开车引开你们。他在我身上装了一个定位器，要是我停下来，他就会杀了我女朋友！求求你们，求求你们救救她！"

黄朗问："那地窖是不是就在那个厂房底下？"

年轻人点了点头道:"是的,是的!还有另外一个女人,他今天又抓了一个女人回来!"

黄朗破口大骂道:"我们被耍了!"

没错,我们被耍了,中了凶手的调虎离山计。我们立刻驱车飞速地返回厂房,在年轻人的带领下,我们找到了那个藏匿在废弃机床下极为隐蔽的地窖入口。

我们进入地窖的一刹那,便闻到了扑面而来的恶臭。

当我们顺着地窖的阶梯一路向下走到底时,便看到地窖内,一具身着白色连衣裙的女尸躺在一张沾满血的长桌上。

我的心里"咯噔"一下,缓慢地朝着女尸走了过去。那具女尸身上有缝合的痕迹,显然她被人分解成了八块,而后又缝合回了原样。

我看到女尸的脸,并不是陈小芸。这时,那个年轻人扑倒在尸体跟前,号啕大哭起来,遇害者正是他的女朋友。

可是,陈小芸却不在地窖内,凶手已经带着她转移了。

我们将女尸运回到了市局法医鉴定中心,而后在审讯室对这个年轻人进行了审讯。

审讯室里,年轻人看上去极为伤心难过,根本无法回答我们的问话。

黄朗急了,大吼道:"我告诉你,你目前的情况是这样的,你涉嫌故意杀人……"

年轻人嗓音沙哑着反驳道:"我没有杀人!是他逼我帮他运送尸体的!"

黄朗道:"他逼你干你就干,那你也算是从犯。知道从犯是什么罪名吗?"

年轻人又一次低下了头。

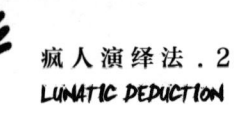

黄朗道："唉，我说你……"

我拍了拍黄朗的肩膀，示意他别说话，由我来说："就像刚才黄警官说的那样，目前的情况的确对你非常不利，但你是有将功补过、戴罪立功的机会的。如果你还想给你女朋友报仇，那就老老实实地回答我们的问题，这样我们才能够尽快抓住杀害你女朋友的那个凶手。"

我见年轻人的眼神开始有些动摇，便深吸了一口气，继续道："这样吧，还是先从最基本的问题开始。请告诉我，你的姓名、年龄，还有目前所从事的职业。"

沉默了片刻，年轻人开口道："我叫李小年，今年二十六岁，目前还没有正式工作。"

我问："你女朋友呢？"

李小年道："她叫孟佳，今年二十八岁，之前是第七人民医院的护士，不过半个月前刚离职。"

我问："绑架你和你女朋友的那个人，是他吗？"说着，我亮出了黄海轩的照片。

李小年仔细看了看，连连点头道："是他！是他！"

我问："黄海轩是怎么绑架你们的？"

李小年道："就在半个月前的那天晚上，孟佳因为工作不顺，从医院离职，我就陪她去酒吧喝酒，喝到很晚。大概是在凌晨两点多，我们都喝多了，才从酒吧出来。因为我们租的房子离酒吧不远，所以我们就搀扶着往家走。走进一个小巷子，看到迎面走来一个人，我还没看清，就感觉眼前一黑。当我醒来的时候，就在地窖里了，我女朋友也被绑在了一旁。之后我就看到他抓了一个女人进地窖，亲眼看见他杀死了那个女人，分尸，又把尸体缝合起来。然后他威胁我，让我开货车，帮他抛尸……"

我问："他这么放心让你一个人去抛尸？即便有你女朋友做人质，他应该也不敢打这个包票说你不会跑去报警。"

李小年道："不，我只负责帮他运送尸体，因为黄海轩不会开车，他需要一个人帮他将尸体运到抛尸地点。他说一开始有一个帮手帮他开车，绑架我和孟佳的那天，就是那个帮手开车帮忙运送的。可他怀疑那个人会去报警，就把那个人杀了。但我从头到尾都没见到过他说的那个人，也没见到那人的尸体。"

我道："也就是说，你负责开车，而黄海轩坐在车上陪同你将尸体运送到抛尸地点，而后他完成余下的抛尸工作？"

李小年点头道："是的，是的。他确实对我不放心，开车的时候，他一直用刀顶着我的腰，到达目的地后，他就用手铐把我铐在车上，然后拔走车钥匙。不过，他第一次抛尸的时候很奇怪。"

我问："怎么奇怪？"

李小年道："他把尸体放在河边后，突然像发了疯一样，自己和自己打了起来。然后他跑回车上，拿了纸和笔，又跑回尸体边，像是在纸上写了什么，然后揉成团塞在了尸体手里。随后他回到车上，命令我迅速将车开走了。"

自己和自己打起来。

看来罗谦辰的推理是正确的，黄海轩极有可能正是一名DID患者，他的身体里住着不止一个人格。

之后，李小年向我们阐述了他协助黄海轩进行第二次杀人抛尸的经过，以及绑架陈小芸的经过。那天深夜，当我们全队都转移到珠宝店外和劫匪枪战时，陈小芸独自一人步行回家，在经过一条没有监

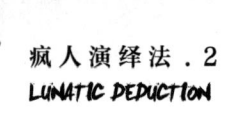

控的无人小路时，黄海轩从背后用乙醚将陈小芸麻翻，而后拖上了货车。随后，李小年驾驶货车，协助黄海轩扬长而去。黄海轩将陈小芸关进了郊外废弃厂房下的地窖，而李小年在第一次抛尸结束后，就被黄海轩禁止进入地窖。他一直以为他的女朋友还活着，所以听从黄海轩的摆布，实际上，根据法医鉴定的孟佳死亡时间来看，孟佳在第二次抛尸之前就已经死亡。

黄海轩绑架陈小芸当晚，刚刚进入厂房地窖，便在陈小芸身上发现了定位器，这引起了他的警觉，于是他立马回到地上观察是不是有可疑动静。这时，李小年向他汇报，说看到不远处有警车驶来。黄海轩急中生智，藏回地窖，并让李小年藏在货车内，待我们进入厂房搜索时，李小年驾驶货车逃离，引开我们。等我们全部离开后，黄海轩迅速挟持陈小芸转移，逃之夭夭。

陈小芸下落不明，为此我又一次来到监狱，向罗谦辰请教。

罗谦辰听完我的叙述，态度十分平淡，他面无表情道："首先，回答你最关心的问题。陈小芸此刻肯定还活着，并且我敢肯定，黄海轩并不会杀害陈小芸，因为黄海轩的目标是护士。黄海轩在陈小芸身上搜查出定位器，并确定你们在追踪他，所以，他自然已经知道陈小芸并不是真正的护士，而是你们警方的卧底。他暂时会留着陈小芸，作为人质。"

我道："可是，这和你一开始推理的并不相同。你说黄海轩的作案目标会和她母亲相似，可实际上完全不同，无论身高还是年龄、职业，全都对不上。"

罗谦辰道："我想你们可以调查一下，十年前，甚至更早一些，市里有没有时龄二十八岁、身高一米六五的护士失踪。"

第四个案例
疯狂虐猫人

我道:"什么意思?"

罗谦辰道:"也许凶手并不是因为看到自己的父亲杀害了母亲而产生负罪感,而是因为他知道自己的父亲曾经杀害过一个与自己毫不相识的女人,并且将那个女人大卸八块。"

我道:"你是说,黄海轩的父亲黄易波很有可能在十年前以同样的手法杀害过一名女护士,只是尸体被他巧妙地隐藏了起来,以至于至今没人发现?"

罗谦辰道:"是的,而黄海轩恰好知道这一点,所以,他想要弥补的并不是母亲的死,而是那名无辜的护士的死。"

回到市局后,我立即调出档案开始查阅,果然查到十年前某派出所的一起报案记录,报案人称自己的女儿失踪了,失踪者姓名:胡怡婷;性别:女;职业:护士;年龄:二十八岁;身高一米六五。最终,这起报案被定义为一般人口失踪,并未以刑事案件立案。

失踪者胡怡婷,至今下落不明。

我无法确定胡怡婷的失踪是否真的和黄易波有关。就在我准备对胡怡婷展开调查的时候,黄朗那边有了突破性进展。

黄朗重返厂房进行了调查,说:"老陈,我知道黄海轩那天是怎么逃跑的。你想啊,他不会开车,当然那会儿也没有车给他开,那么,他背着还处在昏迷中的陈小芸,最快的逃逸方法是什么?步行肯定是不可能的,跑不了多远,他怕我们很快会追上来。所以,我猜这小子很有可能会在路边抢一辆车。他持刀挟持司机,帮助他带着陈小芸一起逃离。我照着这个思路--查,三天前刚好有一个报案记录,报案的是一家出租车公司,称他们公司的一辆出租车,连车带司机一块儿失踪了。失踪事件刚好就发生在我们去厂房的当天凌晨。黄海轩这小子

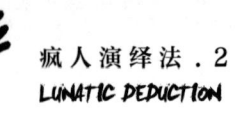

或许根本不知道,出租车上都是有定位系统的,出租车公司记录下这辆出租车的定位是在天王山的天王湖消失的。所以,黄海轩肯定是去了那附近藏匿!"

为了防止打草惊蛇,我和黄朗着便衣秘密前往天王湖。

我们在天王湖畔走了半圈,便发现了两道车辙印。车辙印从公路上一直延伸到了湖里,这种车辙印刚好与失踪出租车的车轮宽度、花纹一致。

黄朗望着湖面道:"果然是这里,凶手把车开到这儿沉湖了。"

我道:"天王湖一带没有居民,这座湖早年因为化工污染,早就被政府放弃治理,原本住在这里的居民也因为化工污染,全都搬走了。这应该就是凶手选择在此处藏匿的原因。"

我指了指湖西侧的那座废弃的化工厂:"可能就在里面!"

我们掏出手枪,将子弹上膛,小心翼翼地靠近化工厂。在进入化工厂的一刹那,我看到里面的罐子上写着"易燃易爆,请勿明火"的标志,立即拦住黄朗,示意他收枪。随后,我们二人收了枪进入化工厂内。

尽管这座化工厂已经废弃,但依旧残留着刺鼻的化工原料的味道,简直令人难以呼吸。

我和黄朗分头搜索。

我向仓库东面搜索了过去,很快发现了一扇门,那扇门上拴了一把锁,我看出那是一把全新的锁,应该是凶手刚换上去不久的。

也就是说,这里很有可能正是囚禁陈小芸的地方。

这种锁,可以说是比较简陋低级的,我掏出警用万能钥匙,三下五除二便把锁给捅开了,随后拉开了门。

第四个案例
疯狂虐猫人

拉开门的一瞬间,我便感觉到后脑勺传来一阵灼痛,随后什么也没看清便两眼一抹黑,倒在了地上,什么也不知道了。

当我醒来的时候,已经在病床上,黄朗坐在一旁看着我,他见我睁开眼便道:"你醒啦。"

我感觉自己后脑勺还是一阵一阵地痛:"我、我这是……"

黄朗道:"你在医院。"

我道:"医院?我怎么会在医院?"

黄朗道:"天哪,不是吧老陈,这就失忆了?"

我努力回忆:"我记得……我们当时在化工厂,分头搜索,然后我打开了一扇门,之后就什么也不知道了。"

黄朗道:"是啊,当时那小子从背后偷袭你,拿着那么长的一根铁棍,当场一个闷棍就把你给打晕了。还好我听到动静及时赶到,一个飞毛腿加一套组合拳,瞬间将那小子KO了!"

我道:"我怎么觉得这场景似曾相识呢?"

黄朗道:"那是……去年水泥案,我也是这么救的你。我说你这搏击水平怎么越来越菜了,老陈?那家伙都走到你身后了你都没发现,一个资深老刑警的警觉性去哪儿了?"

我道:"好了,打住,别扯了,陈小芸救到了吗?"

黄朗道:"在ICU里躺着呢,发现她的时候,她整个人都已经脱水了。"

我紧张道:"那你还不去看她,还在我这儿干吗?"

黄朗道:"嗨,我干吗去看她?"

我一阵无语。

黄朗见状立马道:"那不是ICU吗?除了医护人员,我也进不去啊。"

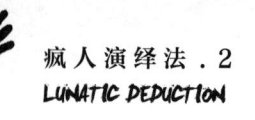

我深吸了一口气道:"凶手是黄海轩吧?"

黄朗道:"是的。天王湖的打捞工作也结束了,那辆出租车果然被他沉湖了,司机也在车里,颈部有勒痕,是被黄海轩勒死后沉湖的。那小子已经被扣在拘留室里了,随时恭候咱的陈大队长前去审讯,报那一棍之仇!"

后来我才知道当时的情况有多危险。当时我被黄海轩击倒在地,他直接抢了我的枪,黄朗和他持枪对峙。

当时,黄朗举着枪道:"我劝你小子明智一点,这里到处都是化工原料,你一旦开枪,很有可能会导致爆炸,你也活不了。"

黄海轩当时哭了起来:"我也不想的,但是我控制不住自己。"

黄朗道:"不管怎样,请你把枪放下!"

突然,黄海轩变了一种神态,那眼神看上去十分恐怖,连语气都变得令人毛骨悚然起来,完全没有了之前的哭腔:"要死,也是你先死!"

说罢,黄海轩便开枪了。

还好黄朗提前有了预判,闪避及时,再加上黄海轩初次持枪,枪法自然不准,所以黄朗有惊无险地躲开了那一发子弹,但那发子弹击中了一个化工桶,导致了爆炸。

好在那个化工桶孤立在一个角落里,周围没有可燃物,再加上爆炸威力并不大,所以并未导致严重后果。

但这声爆炸给了黄朗机会,他趁黄海轩被爆炸惊住,一个箭步上前将黄海轩击倒在地,当场铐上了手铐,随后将我和陈小芸救出化工厂。

当天晚上,我和黄朗在审讯室内对黄海轩进行审讯。黄海轩看上去怯生生的，像是生怕惊扰到了什么，完全不像我们想象中的连环变态杀人狂魔的模样。

黄朗敲了敲桌子道："还给我装是吧？"

黄海轩战战兢兢道："我没有，我没有。"

黄朗冷笑了一声："嚄，没有，还说你没有，你朝我开枪的时候也会说你没有吗？"

黄海轩拼命地摇着头道："真的不是我！真的不是我！真的不是我！"

他说着，抓耳挠腮，像是急得要哭出来似的。

我深吸了一口气道："黄海轩，你是在表演吗？"

黄海轩突然冷笑起来，眼神发生了转变，变得异常邪恶，说话的姿态充满了挑衅，和刚才判若两人："他没有表演，他说的都是实话，因为这些事情全都是我干的！"

黄朗道："早说是你干的不就行了吗？你刚才装什么孙子呢？"

黄海轩抬起头，眼神轻蔑地看着黄朗道："他不是我孙子，他是我儿子。"

黄朗怒道："你在这里说相声呢？"

我示意黄朗不要打断他，让他接着说下去。

黄海轩接着道："不好意思，我儿子这么大了，还是这么没出息，整天哭哭啼啼的，让你们见笑了。"

我道："你儿子……你是说，你刚才那么怯生生的样子，不是你，而是你儿子？"

黄海轩点了点头道："是的，刚才和你对话的，是我儿子黄海轩，而此刻是我在和你们对话。"

我道："你的意思是说……你是黄易波？"

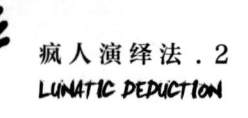

黄海轩道:"是的。"

黄朗忍不住插话道:"你装完孙子又装大爷是吧?黄易波早就死了,难不成你是鬼魂附体,附在了你儿子身上?"

黄海轩看上去十分从容:"我知道你们现在在猜什么,你们怀疑黄海轩患有人格分裂、多重人格症之类的疾病。"

我想起了罗谦辰的话:"DID,我们怀疑你患有DID,分离性身份识别障碍,也就是你刚才说的多重人格。"

黄海轩露出了嘲弄的表情:"所以你们就怀疑,我其实只是黄海轩分裂出来的另一重人格——父亲人格,对吗?"

我道:"就目前来看,显然是这样。"

黄海轩道:"不是鬼魂附体,也不是多重人格,而是某种遗传。"

我道:"黄易波有精神疾病,精神疾病的确具备直系亲属间的较高遗传性。"

黄海轩道:"也不是精神疾病的遗传,而是意识的遗传。"

我道:"意识的遗传?什么意思?"

黄海轩道:"在DNA序列当中,有一组遗传片段,那组片段被我们称作遗传因子,也就是我们所说的基因。生命体之间通过交配和繁殖行为,将自己的基因部分性地遗传给下一代,大体上,父亲的基因和母亲的基因各占一半,经过组合,构成了新的遗传片段排列在子女的DNA序列当中,于是在子女身上,也就可以显现出许多来自父母的特征。"

我道:"这是基本的生命科学常识。"

黄海轩接着道:"但是,现代生命科学似乎忽略了很重要的一点,既然人的体貌特征、遗传疾病甚至智力水平都可以在生命繁衍过程中进行遗传,那么,人的意识为什么不能遗传呢?"

黄朗道:"你就是在扯淡,意识怎么遗传?"

黄海轩道:"打个简单的比方,有的人,他的父母喜欢吃辣,于是他从小也喜欢吃辣。他的父亲脾气暴躁,于是他也脾气暴躁。这是否可以看作是爱好和性格的遗传呢?"

我道:"这只是耳濡目染的结果,子女从小和父母生活在一起,生活习性和性格自然会受到父母的影响而逐渐趋同。人和人之间都会互相影响,两个毫无血缘关系的人一起待久了,行为方式上都会出现相似性。夫妻相就是这样,并不是两个人的长相真的越发相似,而是两个人在一起生活久了,各方面的习惯、言谈举止都相互影响,于是给人相似感。还有所谓近朱者赤、近墨者黑,也是这个道理。"

黄海轩道:"不知道你有没有看过类似的新闻。国外有一个年轻人,做了心脏移植手术,手术很成功,他不久便可以像以前那样活动自如。当他完全康复后,他开始爱好做一些高抬腿的踢腿动作,这种动作是他以前从来不会做的。后来他向医院打听才知道,提供给他心脏的那个人,生前是一名跆拳道运动员。还有一位老太太,在接受完肾脏移植之后,突然会说英语了,她之前连二十六个英文字母都不认识,但为她提供肾脏的那个人是一名英语教师。还有一个美国孩童,他在接受完造血干细胞移植后,治好了早期的白血病。康复后,他总能看到一个陌生的房间,他能够准确地说出那个房间里的很多细节,医生在未告知他的情况下,给他看了几十张房间的照片,他迅速选出了其中一张,正是为他提供造血干细胞的人所住房间的照片。而那个人在英国,这个孩子也从不知道这一点,更是从未见过那个人的房间。"

我道:"类似的新闻,我的确看到过一些。"

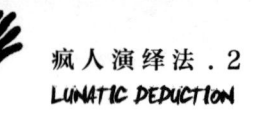

黄海轩道:"目前的科学,似乎还无法解释这些离奇的现象。但会不会是因为在器官移植的过程中,提供者的DNA随着移植体进入了接受者的身体里,于是一部分的意识也随之进入了接受者体内,便出现了这些奇特现象?"

我道:"所以,你想由此说明意识是可以遗传的,对吗?"

黄海轩道:"没错。我的意识,遗传到了我儿子的身体里。"

我道:"好,我现在就当你说的是真的……"

黄朗急了:"老陈,你疯了?这小子很明显是在胡说八道……"

我没有理会黄朗,继续道:"如果你是黄易波,那么,我想请问你,发生在十年前的那起护士失踪案是不是和你有关?"

黄海轩露出了好奇的眼神:"我很奇怪,你是如何得出这个推论的?"

我道:"你最近连续多起杀人分尸案的作案目标,全都是护士,并且这些护士的年龄、身高等特征都完全一致,作案手法全都是大卸八块,而后缝合回原样,随后给尸体穿上白色连衣裙,抛尸荒野。十年前,你曾杀死你的妻子尚海棠。一开始,我怀疑你是在模仿你当年杀害你妻子的过程。但发现,你妻子的各种特征都和你选定的作案目标特征大相径庭。于是,我开始怀疑十年前,你是否曾经以相同手法杀害过一名护士。于是我开始调查,便查到了十年前一个叫胡怡婷的女护士的失踪案,她的各方面特征都和你的作案目标一致。胡怡婷失踪至今,下落不明,我现在怀疑是你杀了她,并且藏尸在了一个无人知道的地方。"

黄海轩问:"那么,你认为我为什么要缝合尸体呢?"

我道:"你想在这个过程中弥补你过去的罪孽。"

黄海轩突然很夸张地鼓起掌来,他笑着说:"陈警官,没想到你

第四个案例
疯狂虐猫人

竟然推理得如此准确。不过有一点你说错了，缝合尸体的事情并不是我干的，我并不想弥补这份所谓的罪孽，我只是想反复地回味当年的过程。"

我道："这点我也清楚，是你的儿子黄海轩想要弥补。"

黄海轩摇了摇头道："我那儿子可没有这份胆量，他怕得要死，怎么敢去缝合尸体？况且，他根本不知道我杀害那个女护士的事情。"

我道："如果不是你和他，难道说……"

黄海轩道："你忘了，我说过遗传片段是父母双方都会遗传的。"

我一怔："你是说在黄海轩的身体里，还有第三重人格？尚海棠也在里面？"

黄海轩道："是的，但我说过了，不是人格，而是意识的遗传。当年尚海棠知道我杀了那个护士，要去报警，我就把她给杀了。是尚海棠想要弥补我的这份罪孽，实在是多此一举。"

我问："你杀了那个护士，你把尸体藏哪儿了？"

黄海轩摇了摇头道："我是不会告诉你的。"

我笑了起来："是你根本就不知道，因为你就是黄海轩，并不是真正的黄易波。即便存在你所说的意识遗传，这些意识所能够遗传的记忆，也顶多是你父亲在和你母亲完成那次交配活动之前的记忆。你不可能掌握那之后你父亲的记忆，也就自然不会知道尸体藏在了哪儿。"

黄海轩也跟着笑了起来："你说得没错，我的确不知道十年前那个护士的尸体被藏在了哪儿，我甚至都不确定十年前是否真的有这起案件的发生，但通过你的描述，我敢肯定那绝对是我干的。或者说，是拥有自己肉体的那个我干的。"

我道："为什么这么肯定？"

黄海轩道:"我是黄易波意识的遗传,我遗传了黄易波二十四岁之前的记忆。其实我在二十二岁那年,就曾杀害过一名二十八岁的护士,当时老家在建房子,尸体被我大卸八块埋在了地基里。这件事情除了我,没人知道。"

我们立即前往黄易波的老家,对他家空置多年的老宅掘地三尺,果然在地下发现了一具被分解的骨骸。

通过与那名护士的老父亲进行 DNA 比对,确定死者正是黄海轩口中所言的那位被害人。

我深吸了一口气道:"难不成,真的有所谓的意识遗传?"

黄朗道:"很明显,黄易波二十二岁那年干的这事儿,被黄海轩这小子知道了,不然根本没法解释。但我觉得这倒是启发了我们,十年前黄易波在做工程项目,胡怡婷失踪的时候,他正在给市里的一所小学建操场,你说他会不会故技重演……"

我立即向上级申请,获得批准,对那所小学的操场草皮进行了深度挖掘工作,很快我们在深土下发现了一具被分解的尸骸,尸骸被浇灌在水泥当中,这让我不禁想起了发生在去年的水泥案。

经鉴定,死者正是当年失踪的胡怡婷。

由于被水泥密封,延缓了腐烂过程,尸体从水泥中被拆卸出来时,大部分有机组织还保存完好。

法医在死者的阴道内提取到了男性 DNA。

我们怀疑,DNA 来自黄海轩的父亲黄易波。

也就是说,黄易波曾经对胡怡婷实施过性侵。

为了证明这一点,我们提取了黄海轩的 DNA 与之比对,想要得出该物证 DNA 与黄海轩的 DNA 存在直系亲缘关系,结果令人惊讶。

该组 DNA 竟然与黄海轩的 DNA 完全匹配。

我倒吸了一口凉气："这怎么可能？他当时才十二岁！"

黄朗道："可十二岁的男孩，多数生理已经成熟，并且当时黄海轩的身高已经超过了一米七，他是完全可以压制一名身高一米六五的成年女性的。过程可能是这样的，黄海轩奸杀了胡怡婷，黄易波协助分尸，利用工程便利埋尸。尚海棠得知此事，根本不相信是自己的儿子杀害了胡怡婷，她认为是黄易波所为，于是决定报警。尽管以黄海轩当时的年龄，不用承担法律责任，但是，黄易波为了儿子的名声和前程，他决定保守这个秘密，于是杀害了尚海棠，在世人面前呈现出一副精神疾病的模样。"

我们再次提审黄海轩。

面对黄朗的推理，黄海轩奸笑了起来："不是我儿子干的，他没那个胆量，是我干的！"

黄朗道："黄海轩，认罪吧。"

黄海轩冷笑起来："我认罪，只是的确不是我儿子干的，是我操纵他的身体去干的，哈哈哈哈哈哈哈！"

最终，黄海轩被鉴定为重度 DID 病患。精神病患者在精神病发作时所犯罪行，无须承担刑事责任。后来，他被转移到了高戒备的精神病医院进行监护治疗。

本案就此结案。

庄周梦蝶事件

第五个案例

第五个案例
庄周梦蝶事件

五月,空气里的温度彻底脱离了上个冬季残留在这个春季的些许寒意,逐渐转热。正是春夏之交,人的心情也随着季节的即将交替而感到心烦意乱。

我翻阅着卷宗。

正当我陷入思考时,一阵敲门声将我拉回现实。

"老陈,快走,有新案子了!"

黄朗推开门,拉着我离开了办公室,下了楼,就直接上了警车,黄朗开车载着我朝案发现场疾驰而去。

黄朗一边开车,一边道:"哎,老陈,趁这个时间,你先帮我分析分析。"

我道:"分析什么?"

黄朗道:"你说陈小芸最近是怎么了?老说要请我吃饭啥的。"

我道:"那你答应了吗?"

黄朗道:"我当然是拒绝了,无缘无故的,请我吃什么饭啊?"

我道:"人家姑娘那是想感谢你救了她。"

黄朗道:"啧,一开始我也是这么想的啊,可越想越不对。"

我问:"哪里不对了?同事之间请吃个饭,很正常。"

黄朗道:"不是,是她跟我说话那态度……啧……怎么说呢?老是有事儿没事儿就问东问西的,打听我的私事儿。"

我装作漫不经心道:"她都问你什么了?"

黄朗道:"哎呀,就是问我有什么爱好,平常喜欢吃什么之类的。"

我道:"那你怎么回答的?"

黄朗道:"我说我爱好打击罪犯,最喜欢吃咱局里食堂老张头做的盒饭。"

我道:"人家是问你兴趣爱好,不是问你工作。"

黄朗道:"她还老让我教她搏击。"

我道:"挺好的呀,你教她啊。"

黄朗道:"我教了啊,她非要和我对练,结果我一拳过去还没用力呢,就把她给打趴下了。然后她就生气了,说我不让着她。你说她讲不讲道理,她让我和她对练,合着我还不能动手,只能被动挨打?我就跟她讲道理,她二话不说转身就走了。你说这妹子怎么回事?平常看着挺斯斯文文、通情达理的一个人,怎么也这么不可理喻?难不成女人都这样?"

我感到一阵无语,不再说话,停止了这种无意义的交流。

二十分钟后,我们抵达了案发现场。

案发现场是市第八医院,一名女护士在监护病房内被人杀害。

回想起不久前刚刚结束的那个案子,凶手的目标也是护士,我心里便是一个激灵,难不成这么快就出现模仿犯了?

这是一间单人监护病房,位于医院的三楼,病房内,病床上满是血迹。

而病房内的患者则消失不见。

第五个案例
庄周梦蝶事件

我们调取了病房的监控录像，看到了令人毛骨悚然的一幕。

上午八点，该名女护士进入病房给病床上的男性患者换药瓶，患者突然睁眼，扑向女护士，随后在她身上疯狂地撕咬起来，然后舔舐从伤口溢出的血。但他显然觉得这样还不够，于是又用给自己静脉输液的针，在已经晕倒的护士身上扎来扎去，很快便找到了静脉血管，他将吊瓶放低，随后血便源源不断地从护士的身体里涌出，顺着输液管，涌入输液袋中。他抽了满满四袋共二千毫升的血。

由于凶手挣脱了心电监测器，于是病房释放了警报，听到警报声的医生和另一名护士赶到病房内，便看到凶手手里提着四袋血，拉开病房的窗户跳了下去，而窗外正下方便是一条河，凶手跌入了河水中，消失不见。

医院立即对昏迷的女护士进行抢救，但最终因其失血过多，抢救无效，宣布死亡。

医生介绍说："这名患者是昨天晚上送过来的，他的家人看到他梦游。他家是复式楼，两层，他走出房间，从二楼跳了下去，摔致昏迷。"

我们调取了这名患者的资料，姓名朱克，男，二十四岁，本科学历，无业，与其父母同住。

朱克的父母接到通知，抵达医院，我对他们进行了询问。

我问："能说说昨晚的情况吗？"

朱克的父亲回答说："昨天晚上，朱克很早就睡了，我和我太太在一楼客厅里看电视，可看了没多久，我们就听到二楼的房门打开了。当时我们俩也没在意，以为是朱克出来上厕所，然后我太太就发现不对头。"

朱克的母亲说："没错，当时差不多是十点的样子吧，他从房间里

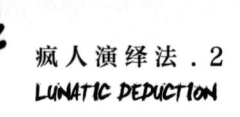

出来，我回头看向二楼，发现他没有去对门上厕所，而是一直在原地挥舞着胳膊。"

我道："挥舞胳膊？然后呢？"

朱克母亲道："对，我叫他，但像是叫不醒一样，我就和孩子他爸说，这孩子不会是梦游了吧。结果这话刚说完，就看到他从二楼跳了下去。当时把我们俩给吓死了，送到医院后，医生说人没事，但摔了脑袋，需要一段时间才能醒过来。"

我问："他之前有过类似的梦游症状吗？"

朱克的父母均表示没有。

我又问："那他在此之前，有什么异常表现吗？"

可得到的答复依旧是没有。

当天下午，我们在医院背后那条河的河边进行搜索，并且派了专门的打捞人员进行潜水搜寻，并没有发现朱克的踪迹。

朱克很有可能沿着河流，游到某处上岸了。

我们调取河岸边的监控录像，在沿岸监控盲区众多，所以没能寻找到朱克上岸的监控录像画面。

不过，我们在下游某处陆续发现了三个装满血的输液袋，想必是朱克落水后，慌乱挣扎中遗失的。

还有一个血袋没找见，有可能没有被朱克遗弃，也有可能是冲得更远了，找不到了。

黄朗面对这三袋血液道："这案子有点邪门啊！老陈，你说他抽人家的血干什么？拿去喝？难不成咱遇到吸血鬼了？"

我道："抓到他就知道了。"

老实说，我也觉得这案子有些瘆人。

第五个案例
庄周梦蝶事件

黄朗道："会不会是凶手得了什么病？我最近看了个剧，那个剧里有个人得了个病，叫什么来着？就是得了这种怪病的人，会去喝别人的血。"

我们询问了医生，医生回答说："你们说的应该是卟啉症，患有这种疾病的患者会有喝别人血的欲望。"

可是经过我们的查询，朱克并没有类似卟啉症的病史，其父母也表示朱克从来没有这种怪癖，甚至朱克是晕血的。

一个晕血的人，为什么会突然跑去吸别人的血？这点医生也无法做出解释。

就在我们陷入疑惑当中的时候，第二名死者出现了。

次日清晨七点，当我和黄朗赶到案发现场时，天空下起了雨，雨水冲刷着荒地上的泥泞，一个女人平躺在泥泞中，她的身上找不到明显的破口，但是，她身体里的血已经被人吸干。

这片荒地距离朱克落水的那条河，不足一公里。

当天晚上，我来到市局法医鉴定中心，陈小芸一见到我便问："陈队，你来啦？黄队没跟你一起来？"

我道："啊，老黄还在案发现场忙着侦查工作呢，况且这地方他也不喜欢来。"

陈小芸道："是因为我……"

我道："不不不，绝不是因为你。他、他就是不喜欢解剖室这种环境。"

陈小芸点了点头，转身道："鉴定报告已经出来了。"

随后，她引我来到解剖台前，向我介绍尸体的情况："死者身高一米六二，生理年龄二十八岁，死亡时间可以确定为今天凌晨一点到三

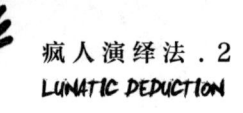

疯人演绎法.2
LUNATIC DEDUCTION

点。死因是失血过多导致休克而亡。她的后脑上有被钝器击打过的痕迹,猜想凶手从身后袭击了她,将她打晕,然后开始抽她身上的血。死者体表没有明显的伤口,但是我在死者颈部静脉处,发现了一个细小的针眼,血正是从这里被抽走的。"

从作案手法来看,我可以确定凶手就是朱克,但他为什么要抽干被害人的血呢?

为了弄清这个问题,当天深夜经过王局批准,我来到监狱,见到了罗谦辰。

罗谦辰听完我的叙述道:"方洋关于一系列梦游症患者的调查报告你看过吗?"

我道:"为了了解这个人,进一步安排对他的保护,我看过一些。"

罗谦辰问:"上个月的那篇,你看过了吗?"

我问:"哪篇?"

罗谦辰道:"《断片效应》,你可以搜索一下。"

我道:"能告诉我为什么突然提到这个吗?"

罗谦辰道:"你看完就明白了。"

随后,我打开手机,在网络上搜索到了这篇文章。

断片效应

报社年会那次,我喝多了。事后,我的同事告诉我说,当时我断片了,干了很多不可描述的事情。然而,听他们这么描述,我却总感觉像是在听另一个人的故事,因为我丝毫不记得也想不起那天我到底干了什么。在我的记忆中,我喝完酒就直接回房间睡觉了,而这中间长达两小时的记忆,我是没有的。如果不是第二天同事提起，我完全不知道自己断片过。

后来我采访到一位患者，他在一次喝酒断片之后，便彻底疯掉了。

他一见到我，便神经兮兮地对我说："那感觉就像是梦游！"

我道："你是说，喝酒断片的感觉？"

他道："是的，但我知道，那不是梦游！"

我道："其实……和梦游的状态也有些类似。弗洛伊德，将人类心理活动中已经产生但还未达到'意识'程度的那部分，称为'潜意识'。简单来说，潜意识就是被意识压抑住的那部分没有表露出来，甚至没有被人觉察到的那部分心理活动，而潜意识往往代表了人类内心最深层也是最真实的欲望。梦游与酒后断片的行为状态和做梦都是相关联的，它们都被潜意识主导。由于是潜意识的作用，没有经过有意识的状态，所以，断片后的那部分潜意识主导的记忆，往往是不被大脑记住的。"

他道："我看过医生，医生差不多也是这么对我说的。但是，我并不这么认为。"

我道："那你说说，你认为那是一种怎样的状态？"

他道："有人乘虚而入了！"

我愣了一下道："乘虚而入？"

他道："断片之后，我的意识已经不存在了。那么这个时候，操控我身体的又是谁？"

我道："我说过了，是你的潜意识。"

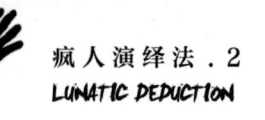

他道:"你不觉得潜意识这种说法,完全是医学的强行解释吗?你会不记得你做过的梦吗?"

我道:"有时候记得,有时候不记得了。"

他道:"如果梦是由潜意识主导的,那你为什么能够记住梦里的内容?为什么断片同样由潜意识主导,我却什么也记不住?"

我道:"我认为梦虽然由潜意识主导,但是,还包含了很多有意识的成分,而能够被记住的部分,也只是梦里产生了有意识的部分。潜意识部分的梦,自然会被忘记。"

他摇着头道:"我能够感觉到在断片的过程中,有某个东西趁着我的意识消散乘虚而入,占据了我的身体。"

我道:"你是说,灵魂附体?"

他道:"一开始我也是这么认为的,但后来我发现并不是这样,并没有其他人的灵魂或者任何鬼怪来占据我的肉体。实话说,我认为世界上根本就不存在灵魂附体这回事。"

我问:"那你觉得,是什么占据了你的肉体呢?"

他道:"是我自己!"

我心想,这家伙的话不是前后矛盾吗?

我问:"你自己占据了你自己的身体?这算……什么情况?既然是你自己,那你之前又为什么要说被人乘虚而入了呢?"

他道:"因为的确是我乘虚而入,占据了我的身体。"

我道:"我不明白。"

他道:"那天,我又一次喝断片了,和以往一样,我同样不记得断片时的任何事情。但是,我很快便发现了一件奇怪的事情。我发现我的笔记本上多了一行字,我不记得自己写过那行字,那一定是我断片的时候写下的,而且那就是我的字迹。"

我道:"是一句连贯的话吗?"

他道:"是的。"

我问:"什么话?"

他道:"究竟是我梦到了你,还是你梦到了我?"

我一愣,问道:"什么意思?"

他道:"当时,我也不明白这句话究竟是什么意思。"他顿了顿,接着道,"后来,我做了一个梦,我梦到自己在会场和一群人喝酒,但是那些人我从来没见过。我吓坏了,不知所措,于是就逃跑了,在逃跑的过程中我一不小心跌到了一片湖里,然后便惊醒了。"

我道:"我也经常梦到类似的情形。"

他道:"关键不在于这里,而在于不久后,我又一次酒后断片,这次我出了车祸,在医院躺了小半年。之后,我的笔记本上又多了一行字,那行字写着:你差点淹死我!我要杀了你!"

我怔住了:"你的意思是说有人在你断片的时候,控制了你的身体,让你出了车祸?"

他点了点头道:"而那个人就是我!我在梦里,梦到的场景对于梦里的那个我来说,是真的!我跌入了湖里,差点淹死梦里的那个我。于是,另一个我在我断片的时候,也梦到了我,于是,另一个我操控我的身体发生车祸!"

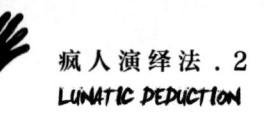

我道："你的意思是说你在梦里成了他，而他也在梦里成了你！"

他道："没错！"

我道："那究竟你是他的梦，还是他是你的梦？"

他突然像是发疯一般抓狂道："我不知道，我不知道。但这并不重要，重要的是他想要报复我，上次他没能得逞，但下次就不一定了！"

我道："只是梦而已，那些话都是你自己写的，根本不存在另一个你。"

他神经质地抓挠着自己的头皮道："不！那不单单是梦！他要杀了我！他要杀了我！他要杀了我！"

三个月后，我得知他出院了，出院当天为了庆祝，他喝了很多酒，喝到了断片的地步。

他在断片的状态下，从酒店十五楼跳了下去，当场摔亡。

而我并不清楚，这和他的那场梦是否存在关联。

但我总能想到那个"庄周梦蝶"的典故，到底是庄周梦到了蝴蝶，还是蝴蝶梦到了庄周呢？

也许，我们全都活在蝴蝶的一场梦里。

看完这篇文章，我陷入了更大的疑惑当中："我不明白，这篇文章和本案究竟有什么关系？"

罗谦辰微微一笑道："也许，凶手正在经历一场'庄周梦蝶'。"

我道："你说什么？"

罗谦辰道："此刻，凶手就是庄周，也是蝴蝶。此刻他在做一场梦，在这场梦里，他已经不是他自己了，而是一种吸血的昆虫。"

我道："你是说蚊子？"

罗谦辰道："他为什么会在梦游中挥动双臂，从二楼跳下？又为什么会从医院三楼一跃而下？"

我道："他以为他是一只蚊子……他以为他会飞？"

罗谦辰道："所以，他会撕咬那名护士，因为这只蚊子迫不及待地想要吸血，但他却发现，在这场梦里他被困在了一个人类的身体当中。他没有吸血用的口器。但很快，他发现了针管的用途，于是他用针管抽走了护士的血。此时他依旧以为自己会飞，便从病房三楼跳了下去。好在，他跌入河中，捡回了一条性命。但是，那些血袋全都被河水冲得不知去向了。从河水里死里逃生，这只蚊子饥渴难耐，吸血的欲望无比强烈，于是就在案发不到一日，他又一次作案。这次他有了经验，顺利地找到了被害人的颈部静脉血管，而后将针管扎了进去，用嘴吮吸着新鲜血液带来的快感。"

我道："凶手是有妄想型精神分裂症吗？他妄想自己是一只吸血的蚊子？"

罗谦辰道："你可以这么理解。"

我道："他还会继续作案，对吗？"

罗谦辰道："是的。第一，他没有保存新鲜血液的条件；第二，对于一只蚊子来说，直接从人体血管内吮吸最新鲜的血液，才最能得到满足。所以，他很快会进行第三次作案！"

我紧张道："你认为他第三次作案会在什么地方？"

罗谦辰道："为什么凶手第二次作案的地方，距离河岸不足一公里？"

我道："他应该是被河水冲到那里，在那附近上岸，而后寻找到

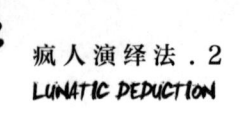

猎物。"

罗谦辰道:"那是一片荒地,他为什么不去更远的地方寻找猎物?比如去市中心,那里人最多,也最方便猎取新鲜血液。"

我道:"市中心遍布天网系统,而荒地则没有,他选择在偏僻处作案,目的一定是避开监控探头。"

罗谦辰道:"你是在把他当作一个人来分析,人会这么考虑,但是蚊子不会,蚊子有独特的生活习性。"

我道:"能说得更明白一些吗?"

罗谦辰道:"一般情况下,一只蚊子的活动范围,是在以自身为中心的两公里范围内,当找不到猎物时,才会逐渐扩大活动范围。不过很显然,他在那里找到了猎物,所以暂时不会将活动范围扩张得更大。"

我倒吸了一口凉气:"你是说,凶手目前还在案发现场附近两公里的范围内?"

罗谦辰道:"是的,蚊子是很警觉的,白天,他会躲藏在某个阴暗的角落里注视着你们,而到了晚上,趁着黑夜,他便会出来寻觅他的猎物。而现在,应该正是他寻觅猎物的好时间!"

"我去!我去!我去!"连续三个"我去",是黄朗听到我所转述的罗谦辰的推理的第一反应,"我说老陈,那厨子怕不是在牢里待久了,脑子给关出问题来了吧?还蚊子呢,这么奇葩的推理,你也信?"

我道:"他从来没错过,不是吗?"

黄朗道:"是,他是没怎么错过,但你也得分清楚情况。凶手以为自己是只蚊子,这不典型的瞎扯淡吗?你去说给王局听,你看局长信吗?"

我道:"连环杀人犯一般会在作案之后不久回到案发现场。"

黄朗道:"是,咱们俩都学过,按照犯罪心理学来讲,是这样。但那连环杀人犯也只是会去看一眼,看完就会走,谁会傻缺到留在案发现场附近一直不走啊?等着被抓?"

我道:"好了,我不跟你浪费时间了,赶紧调集警力,现在过去还来得及!"

黄朗道:"行行行,都听你的。"

深夜十一点,我们调集了五十名警力,赶往第二案发现场,以案发现场为圆心,对周遭两公里的范围进行了拉网式清查。

"在那儿!在那儿!"

在我身后的方向,黄朗高喊道。

我转过身,跟随黄朗奔跑的方向加速跑去,便看到草丛中有一个瘦骨嶙峋的年轻男子蹲伏在那里,他将一名昏迷中的女子平放在一个树墩上,用针管吸食着那个女子的血!

直到我们跑过去将他团团围住,他还在继续他的吸血行为,看上去十分享受。

这名男子正是嫌犯朱克!

黄朗一脚将朱克踹开,将其摁倒在地,没想到朱克满嘴是血,当场晕厥了过去。

我们叫了救护车,将该名女子和朱克全部送往医院。

在去医院的路上,黄朗道:"我说老陈,朱克那小子看到我们这么多人围上去,他为什么不跑开呢?"

我想起罗谦辰的话,低声道:"也许和蚊子的习性有关。"

黄朗道:"什么?"

我道:"蚊子在吸血的时候,是不会逃跑的。"

黄朗道:"我看你真的疯了。"

那名被吸血的女子经过抢救,脱离了生命危险,但处在昏迷当中。凌晨三点,经过了葡萄糖和营养液的输液治疗,朱克从昏迷中复苏过来。

我们在病房内对他进行了讯问。

朱克道:"终于逃回来了。"

我问:"什么?"

朱克道:"我做了一个很长的梦,我梦到自己变成了一只蚊子。"

黄朗笑了:"嘀,天下疯子是一家啊,还真的被那厨子说中了?"

我对朱克道:"那你还记得你变成蚊子之后,在梦里都做了些什么吗?"

朱克道:"我梦到自己变成了一只蚊子,在一个房间里飞来飞去,是一个陌生的房间。我第一次用那种视角看到我们人类,蚊子的视角,很奇妙的感觉。为了填饱肚子,尽管一百个不愿意,我还是得冒着被拍死的风险去吸屋主人的血……"

黄朗道:"你少扯淡,我告诉你你都干了些什么。你连续杀害了两名无辜女性,并且吸食了她们的鲜血,你在伤害第三名无辜女性的时候,被我们抓获!"

朱克一脸无辜地看着黄朗:"那不是我。"

黄朗道:"不是你会是谁?难不成是鬼?"

朱克道:"一定是那只蚊子干的!"

第五个案例
庄周梦蝶事件

黄朗道:"你胡说八道什么?"

我对朱克道:"你不是说,你梦到自己变成了一只蚊子吗?也就是说,这只蚊子就是你,你就是这只蚊子。"

朱克道:"不,我是在另一个世界变成了一只蚊子。"

我道:"另一个世界?梦里的那个世界?"

朱克道:"是的。我在梦里的世界变成了那只蚊子,而那只蚊子也在自己的梦里变成了我。我的梦,是它的世界;而它的梦,是我的世界。"

黄朗道:"你等会儿你等会儿,你这绕来绕去的,是想说我们这个世界是蚊子的一场梦?"

朱克道:"是的。"

黄朗笑了起来:"我还是第一次听说,蚊子也会做梦,还梦出一个世界来了。"

朱克道:"不管你信不信,当我睡着的时候,也就意味着我会进入另外一个世界,变成那只蚊子。而那只蚊子也会在睡梦中进入此刻我们所处的世界,变成我。"

我道:"庄周梦见蝴蝶,还是蝴蝶梦见庄周?是你梦见蚊子,还是蚊子梦见你?"

朱克道:"这只蚊子的寿命快到了。"

我问:"什么意思?"

朱克道:"当我下一次睡着,又会在梦里变成那只蚊子,但那只蚊子的寿命就要结束了。"

我问:"这意味着什么呢?"

朱克道:"如果在那只蚊子死的时候,我没能在这个世界醒来,我

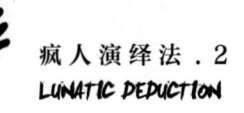

的意识就会永远地在那个世界随着那只蚊子的肉体一块儿死去。"

黄朗冷笑道:"你这疯子就扯淡吧,我还是第一次听说有人会把杀人的罪名推到一只蚊子身上。无论你怎么说,我们都有足够的证据判你死刑。"

朱克微微一笑,显得很不以为然道:"那你也只是杀死了一只蚊子而已。"

当天下午,当朱克从病床上醒来的时候,他又一次袭击了护士,好在被守在门外的两名局里的同事给当场制服了。

当我们提审他时,他已经完全无法听懂我们的话,无论我们问他什么,他都不发一语,仿佛失去了语言功能。

我们让医生对他做了全方位的检测,很快,医生发现了一个奇怪的现象:"从脑电图反馈的结果来看,患者的脑电波图完全不像人脑的活动轨迹。"

我道:"他现在精神失常,和常人不一致也很正常。"

医生道:"不,我不是这个意思,陈警官。我是说,哪怕是精神病患或者智力低下者,他们的脑电图都具备人脑活动的轨迹特征,但这位患者的,完全脱离了人类的范畴。"

我道:"医生,你有什么话就直说吧。"

医生道:"我在靠近他的时候,他很兴奋,当他闻到我呼出的气体时,仪器显示他脑内的多巴胺在加速分泌。也就是说,二氧化碳能够加速他的多巴胺,能够令他达到兴奋状态。这种情况在人类身上从未见过,但是有研究表明有一种昆虫会在嗅到二氧化碳后加速分泌体内多巴胺。"

我问:"哪种昆虫?"

医生道:"蚊子。"

我突然想起他说过,我们的世界是蚊子的一场梦,而那只蚊子,就要死了。

第六个案例

密室里的傀儡

第六个案例
密室里的傀儡

六月,入夏,阳光将大地炙烤得灼烫起来,温度瞬间升高了,本市素有"火炉"之称,连日积累的热气淤积在此处,无法散去,仿佛将城市变成了一座巨大的火场。

天干物燥,小心火烛!

那天下午四点半,当我和黄朗抵达现场时,便看到一座独栋的双层小楼已经被烈火焚毁,烧得漆黑,在天光下摇摇欲坠。

此处是一座荒凉而偏僻的村落,村民要么搬走,要么已经离世,所以村子里看不到什么人。

就在一小时前,下午三点,这幢位于村落里侧的双层小楼突然着火,熊熊烈焰仿佛从地底升腾而起,顷刻间将整座房子吞没在火团当中。

周边村落的村民看到火势,立即拨打了火警电话。十五分钟后,位于该片区的消防队抵达现场,展开了紧张的灭火工作。

下午三点四十分,火终于被扑灭,消防人员进入废墟,从小楼的地下室内扛出了两具几乎被烧成焦炭的人形尸体,根本辨认不出是男还是女。

尸体被抬出时,已确认死亡。

随后,消防队拨打了报警电话。

我和黄朗到达现场后，命令同事将这两具尸体运往市局法医鉴定中心。

消防员向我们介绍说，二人的尸体是在小楼的地下室内发现的，地下室的铁门是从里面用一把独立的钢锁锁上的。

消防员在扑灭外部火焰后，怀疑地下室内有人，于是用切割机切开了地下室的铁门，进入之后发现了两具焦尸。

我们进入地下室，便闻到了刺鼻的汽油味，并发现了大量汽油燃烧过的痕迹。

黄朗捂着鼻子道："这现场可真够惨烈的！"

我道："门是从里面锁上的，地下室内有大量汽油燃烧痕迹，显然汽油便是本次起火的助燃物，而这两名死者蓄意纵火烧死自己，看上去应该是一起自杀案。"

黄朗没有说话，他像是发现了什么，径直走向了一个角落，在焦黑的地面上，他伸手捡起了一个金属物，我们立即认出那是一把警用手枪！

我认出了手枪的编号："这是别哲的配枪！"

黄朗倒吸了一口凉气："别哲最近在休假……"

我立即掏出手机，拨打别哲的电话，却得到了手机关机的提示音。我又拨打别哲家的座机和他妻子的电话，均无人接听。

黄朗道："不用打了。"

只见黄朗走到一处，从地上捡起一部烧黑的手机，他将手机翻到背面，尽管被烧得有些模糊，但是那电镀上去的"别哲"二字还是若隐若现："这是我去年送给别哲的生日礼物，上面特地刻了他的名字！"

别哲是我们刑侦支队的一名得力干将，黄朗的徒弟。

第六个案例
密室里的傀儡

此时,黄朗的脸上充满了担忧。

随后,我在地上发现了一根铁棍,也当作物证带回了局里。

晚上,黄朗竟破例和我一起来到法医鉴定中心的法医学解剖室。

陈小芸看到黄朗,既高兴又惊讶:"黄队,你来啦!"

黄朗没有像往日那样插科打诨,而是直截了当地发问道:"两具尸体的身份确认了吗?"

陈小芸道:"结果出来了,身份也都匹配上了。我先说其中一具尸体的情况吧。"

随后,她领着我们来到其中一处解剖台前,拉开白布,露出了里面的焦尸:"这名死者,性别为男性,生理年龄十六岁,身高一米七五,他的左手残疾,手腕以下全部被截肢。但他并不是被烧死的,我在他的身体里一共提取到了十五发子弹,局里的弹道专家进行了比对,这十五发子弹均来自你们在现场发现的那把九毫米型号九二式手枪,而那把手枪,正是我们的同事别哲的配枪。"

随后,她领着我们来到旁边的解剖台前,拉开白布,露出了里面的焦尸:"这名死者,性别男性,生理年龄二十八岁,身高一米七三厘米,他如我们所料,是被烧死的,他的后脑勺上有用钝器击打过的痕迹,而击打他的那个钝器,正是你们在现场发现的那根铁棍,但从痕迹来看,那种力度不足以致命。猜测二人发生过搏斗。其身份已经确定……"

陈小芸说到这里,顿住了。

黄朗问:"是谁?"

陈小芸道:"别哲。"

尽管早已经猜到,但黄朗的脸上还是露出了一丝伤感,虽然他在我们面前极力掩饰,但还是能看得出来。

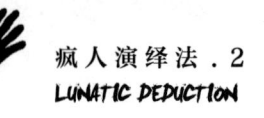

陈小芸道:"黄队,很抱歉,我怀疑当时是别哲用枪……"

黄朗咬着牙道:"别说了……"

我立即转移话题:"小芸,你刚才说那个十六岁的死者身份也确定了?"

陈小芸道:"是的,陈队。"

我问:"这么快?"

陈小芸道:"我也很意外,他的 DNA 和我们数据库里的一组 DNA 匹配上了。这组数据来自三个月前,他在一家定点医院做了基因检测,而他的 DNA 数据也在那个时候上传到了我们公安系统的数据库中。"

我问:"是谁?"

陈小芸道:"死者,名叫邓刚。"

邓刚!

这个名字像是子弹一样撞进了我的耳蜗。

我很快向陈小芸确认了信息,此邓刚,就是彼邓刚。一年前,高档公寓失火案的那位幸存者。

也是四年前焚化炉灭门案的幸存者,本名洪兵。

四年前,郊外农场,农场主人洪谭一家五口疑似被灭门。我们在农场院落内找到了一台动物型焚化炉,焚化炉当中发现两具焦尸,身份确定为洪谭和他的妻子顾琳。由于焚化炉需要外部上锁才能关门启动,所以洪谭对焚化炉内部进行了改造,门的内部给钻了小孔,并被串上了铁丝。

猜测洪谭应该是先启动了焚化炉的定时装置,而后将已经死亡的顾琳放入焚化炉,随后自己也爬了进去,并从里面用铁丝拴上了门。时间一到,焚化炉自动启动,将二人焚化。

第六个案例
密室里的傀儡

他的女儿洪紫桐、大儿子洪将、小儿子洪兵全部失踪。我们在焚化炉一旁配套的碎骨机当中提取到了带有三个孩子 DNA 的人体微物组织。

洪谭事发前,给自己远在上海的妹妹洪琴打了一通电话,在电话中他说:"我把他们都杀了,快来收尸!"

我们在其家中客厅发现了带有他亲笔字迹的字条,内容为:我把他们都杀了,全都杀掉了!我把他们一个一个弄死,然后塞进焚化炉里,我把他们烧成了炭,然后用碎骨机将他们全部碾成粉末,我把骨灰全都撒进了湖里,让他们葬身鱼腹!最后,终于轮到我了,还有我的妻子!我们决定一同死去!一同葬身火海!

我们在洪谭的汽车油门踏板上提取到了盐水湖的沙砾成分,而我市周边只有一座盐水湖,位于离我市一百五十公里的另外一座城市。

我们立马调查了前往那座城市几个主要高速收费站的记录,果然在其中一个收费站调取到了洪谭汽车进入该市的监控录像。于是,我们由此判定,洪谭极有可能就是在那片盐水湖进行抛尸的。

我们立马和当地公安局合作,派出大量鉴证人员,借鉴华人神探李昌钰在美国侦破碎木机灭尸案的方法,在盐水湖的湖滩上进行大规模排查,经过长达一个月的地毯式搜索,我们一共找到了三百多份疑似来自人体的未完全碳化的微量人体组织。经过艰难鉴定,我们确认这些组织分别来自洪谭的三名子女。

当时,我们宣布案件告破,洪谭先后杀害三名子女,并用焚化炉和碎骨机灭尸,随后抛尸盐水湖,而后,残忍杀害妻子顾琳,携带顾琳尸体进入焚化炉自焚。

去年,案件发生了转折,我市高档公寓发生火灾,一家四口只有

左手残疾、时年十五岁的邓刚幸存。很快,我们确定了邓刚的身份,竟然是洪谭的小儿子洪兵。而罗谦辰却推测,洪兵即邓刚,才是焚化炉灭门案的始作俑者。

可现在,邓刚却死在了烈火当中。

我们立即联系了邓刚所在的那家福利院,经确认邓刚确实不在福利院内。

随后,我们去了别哲的家中,在书桌的抽屉里发现了一张稿纸,稿纸上写满了:"我要杀了你!"

字迹扭曲、潦草,充满愤怒感。

我们的字迹专家确定,那就是别哲的亲笔字迹。

令人大感意外和毛骨悚然的是,我们在他家冰箱的急冻柜里,找到了一只被冷冻的从手腕截断的左手,我们的技术人员将断手的指纹输入指纹数据库,发现那是别哲的妻子王婧的手。

很快,在距离我市一百五十公里的另一座城市,当地警方接到报案,一个盐水湖负责湖水清洁的打捞人员在打捞湖水垃圾的时候,捞上来一个包裹,打开后发现里面塞满了疑似人体的碎块。

我们闻讯前往当地,经过 DNA 比对,确定包裹中的尸块与王婧断手的 DNA 吻合,也就是说王婧已经遇害。

法医确定王婧的被害时间是在别哲死亡的四天前,警方通过高速收费站的监控确认,别哲曾经在王婧死亡的次日,驱车前往该市,市内多处监控表明,别哲有往盐水湖去的迹象。

火灾案发现场一公里处的小路旁发现了别哲的车,猜测是由于车辆无法开入村落,所以别哲只好将车停在村外。

我们在别哲的车内驾驶室的油门和刹车踏板上,提取到了少量

第六个案例
密室里的傀儡

的泥土成分，经过比对鉴定确定这些泥土成分和盐水湖畔的泥土成分吻合。

也就是说，别哲的确驱车去过那里。

而这片座盐水湖正是当年焚化炉灭门案中洪谭的抛尸地点。当时别哲和我们一起参与了这起案件的侦破工作。

我们得出推理，别哲在某处杀掉王婧后，将其碎尸，而后驱车携带尸体前往那座盐水湖进行抛尸。

至于别哲为什么要在杀害妻子后，将妻子的左手冷冻在冰箱里，犯罪心理专家分析称，这是因为别哲想要将妻子的左手留作纪念。

目前只知道案发现场被烧毁的那座房子早已无人居住，而火是从房子的地下室烧起来的，是用汽油点的火。而地下室的铁门，被从内部上锁，所以点火者，只有可能是别哲和邓刚其中之一。就目前来看，疑似别哲绑架邓刚至案发现场地下室，将地下室的门从内部上锁，而后他开枪杀死了邓刚，打光了弹匣内所有子弹，随后他用准备好的汽油点火，将自己和邓刚的尸体一起焚化在了地下室当中。

别哲的一系列举动都说明他疯了，至于他杀害妻子和邓刚的动机，我们也只能归结于他的发疯。

但黄朗似乎并不愿意相信这个结论，那天下午，他抽着烟对我道："老陈，我还是觉得别哲是无辜的，我看人很准的，别哲不像那种人。"

我深吸了一口气道："可是现在所有的证据全都指向他。为了避嫌，局长请厅里的刑侦总队参与调查，这也是总队的结论。"

黄朗陷入了沉默，片刻之后，他显得有些为难似的开口道："不如，你去问问他吧？"

我道："他？你是说罗谦辰？"

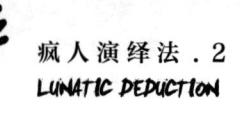

黄朗点了点头。

我清楚黄朗虽然嘴上不相信罗谦辰，但内心还是服气的。

当天下午，我便在监狱里见到了罗谦辰，将全部的案件卷宗提供给他看。

罗谦辰看完卷宗后，只问了我一个问题："你相信邓刚死了吗？"

我道："我们在地下室里发现了邓刚的尸体。"

罗谦辰道："尸体被烧得面目全非，连指纹都无法提取，你们是如何确定身份的？"

我道："DNA。"

罗谦辰道："你们提取了尸体的DNA，数据库里刚好就有邓刚的DNA数据，你不觉得蹊跷吗？"

我道："因为邓刚三个月前在定点医院做过基因检测，那时候他的DNA数据上传到了我们的数据库当中。"

罗谦辰问："他为什么要在三个月前做基因检测？"

我道："很多人都会做，一般都想看看自己遗传疾病的可能性。"

罗谦辰摇了摇头道："因为他想让这组DNA数据上传到你们的数据库当中。"

我道："可他还是死了啊。"

罗谦辰道："照着去年海上密室案的思路再想想？"

我恍惚道："你的意思是说三个月前去做基因检测的那个人，是冒名顶替的？他并不是邓刚？"

罗谦辰道："对，邓刚很有可能找到了一个和自己身高、体形、年龄一致的疯子，而这个疯子愿意为了配合邓刚，斩断自己的左手。他冒充邓刚去做了基因检测，将自己的DNA数据以邓刚的身份上传到了你们的数据库当中。"

我道："这个假冒邓刚的死者身上，发现了十五发子弹，我们确定那是别哲用自己的手枪射击的。地下室是从里面锁上的，只有他们二人，你总不能说是冒牌邓刚自己打了自己十五枪吧？"

罗谦辰道："他确实是被别哲开枪打死的。"

我道："也就是说，凶手还是别哲。"

罗谦辰道："如果有人杀害了你的妻子，你会不会在愤怒中用枪打死凶手？别哲当时很愤怒，这就是他打光所有子弹的原因。而地下室里的火，在别哲打死冒牌邓刚前就已经烧了起来，是冒牌邓刚放的火。"

我道："你的意思是说，别哲的妻子是被邓刚杀害的？"

罗谦辰道："我看你提供的案卷当中，提到从移动公司查询到事发前几日，别哲的手机一共接到过六通陌生号码的电话对吗？这个号码，查询到身份了吗？"

我道："网络电话，用的虚拟 IP，没有登记记录，查不到。"

罗谦辰道："你觉得情况会不会是这样，邓刚绑架了别哲的妻子王婧，而后打电话给别哲，告诉他王婧在他手里，然后引诱他进入咸水湖畔某处。在那里，别哲找到了王婧被砍断的左手。别哲认为自己的妻子还活着，实际上那时候，别哲的妻子就已经被碎尸而沉尸湖底。为了不让断手腐烂，别哲只好将其冷冻在了自家冰箱里。而那张写满了'我要杀了你'的字条，实际上是别哲为了发泄心中的愤怒，他所要杀的是邓刚！而邓刚这么做的目的，就是制造别哲杀妻的假象。之后，他打电话引诱别哲进入那座农舍的地下室，而后邓刚安排好的那名精神病患者将地下室门从内部锁住。很有可能在别哲进入地下室的那一刻，黑暗中，精神病患用手里的铁棍偷袭了他，将他打晕过去，这也就是尸检结果中别哲后脑勺被铁棍之类的钝器击打过的原因。精神病患等待别哲醒来，而后放了火，火势开始蔓延。他故意没有趁别哲昏迷收掉他的手枪，而是向别哲谎称自己就是邓刚，告诉别哲就是他杀害了王婧，于是在他的故意刺激之下，别哲将手枪里的全部子弹打进了精神病患的身体里，随后他自己也被烈火焚烧致死。邓刚的计划得逞了，他成功地找到了一个替死鬼，并且将一名英雄的警察塑造成了十恶不赦的变态杀人魔。此刻，真正的邓刚还活着，依旧逍遥法外。"

我道："可是……这毕竟只是你的推理，我们没有任何证据给别哲平反。"

罗谦辰微微一笑道："等你们抓到邓刚，一切也就水落石出了。"

回到市局后，我将罗谦辰的推理告知黄朗。黄朗听罢，立即兴奋起来："我就知道这厨子又靠谱了一回！"

我点了点头道："但我们没有实际证据，现在唯一的突破口，就是邓刚！"

黄朗道："没错！只要证明那小子还活着，就能够启动案件的重新调查！"

我道："如果真的照罗谦辰推理的那样，我们只需要去那家定点医院调取监控，就可以证明这一点！"

可是，当我联系上那家医院，却被告知他们医院的监控录像只保存最近一个月的画面，也就是说三个月前的画面早就被删除了。

我立即调查了邓刚的资料，总结出了时间表：

第六个案例
密室里的傀儡

二〇××年六月十九日二十三点，市下属南城县第一人民医院住院部记录了住院原因：左手被截断，失血休克昏迷，姓名不详。同年十月一日从南城县第一人民医院出院，在县政府的安排下，由南城县蜻蜓孤儿院接收，负责其日常生活和教育工作，并取名何刚；

次年六月一日被江河区一户人家收养，户主名叫邓元贤，何刚入户后，更名为邓刚；

被收养两年后，即去年七月十二日，邓元贤家发生火灾，邓元贤一家除邓刚外，全部丧生（其中，邓元贤的女儿邓曼在火场陷入昏迷后送入医院抢救，曾短暂苏醒，却因伤口遭细菌感染，状况恶化死亡）。同年七月二十日，在江河区政府的安排下，邓刚被江河区仁爱孤儿院接收，负责其日常生活和教育工作；

今年6月6日，死于农舍地下室火灾案。

次日上午，我和黄朗去了一趟位于城市远郊的南城县第一人民医院。由于我们刑警的身份，医院的工作人员都很配合，我们很顺利地查询到了二〇××年六月十九日二十三点邓刚的住院记录。

据当晚负责邓刚医疗的值班医生回忆："我对那天晚上的印象很深的，那孩子是被一个中年男人送到医院的。"

我问："那个男人是谁？"

医生摇了摇头道："不知道，说是在路上捡到这孩子，就送来了。他说他是在山路上看到这孩子的，当时这孩子就倒在路边，左手被人砍掉了，流着血。那男的把孩子交给我们就急匆匆地走了，我们也找

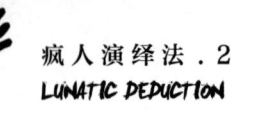

不到他。我给这孩子做了手术、输了血，还好，抢救回来了。"

黄朗问："这孩子醒来后呢？没有确定他的身份吗？"

医生道："他什么也不记得了，只记得自己的出生年月，连名字都不记得了，也不记得是谁砍了他的手。我们就联系了派出所，派出所也问不出这孩子的身世啥的，也一直没人来认领，最后就给他安排到孤儿院去了。"

我问："那个送他来的男人长什么样，你还记得吗？"

医生摇了摇头道："他走得很匆忙，真不记得了。哦，对了，有个奇怪的事情，当时给这孩子做手术的时候，从这孩子的衣兜里摸出了一张皱巴巴的字条，上面的内容我也看不懂。等他醒来后，我就把字条交给他，没想到他看到字条愣住了，过了一会儿他笑了起来，那笑容我总感觉很狰狞，不像是一个孩子的笑。"

我道："那张字条现在在哪儿？"

医生道："不知道，也别问我内容是什么，我都没看懂，肯定也不记得了。不过，你们可以去后来接收他的孤儿院找找看。"

当天下午，雨下得格外大，我们在南城县蜻蜓孤儿院见到了何院长，一个年过六旬、举止文雅的女士。何院长带我们去了邓刚以前住过的房间，那个房间现在是空着的，看上去十分安静祥和。

何院长道："小刚这孩子都不怎么爱说话，也不和其他的小朋友一起玩耍，但我看得出这孩子很聪明，只是有点孤僻而已。"

我道："当时'何刚'这个名字是您给他取的？"

何院长点了点头道："是的，因为我儿子就叫何刚，不过很早前就去世了。于是，我把这个名字给了他，听说他后来叫邓刚了。"

第六个案例
密室里的傀儡

我道:"邓元贤一家收养了他,你对邓元贤印象如何?"

何院长微微一笑,那是一种苦笑:"很有修养的一个人,他们一家人我都见过,挺好的一家人。唉,那场火灾我在新闻里看到了,可惜了。我总觉得这就像是宿命,那场火灾没能把邓刚从这个世界上带走,他却被另一场火灾吞噬了,就像是一种不可避免的命运。"

说到这里,何院长的脸上露出了一丝难以抑制的哀伤。

我问何院长:"邓刚有没有什么东西留在孤儿院没有带走的?"

何院长道:"有的,是一个笔记本,上面画着一些涂鸦,但我看不懂,里面还夹着一张字条,字条上的东西我也看不懂。"

我立马来了精神:"能给我们看看吗?"

随后,何院长领着我们走进了她的办公室,只见她拉开书桌的一个抽屉,从里面取出一个陈旧的笔记本递给了我。

笔记本的第一页,用蜡笔画着一个矮个子男孩,手持一个水瓶,将瓶子里的水往一盘菜里倒。水瓶上用幼稚的字迹写着——敌敌畏。

第二页,餐桌前,一个长发女孩倒在了桌面上,嘴里溢出红色的血,她面前放着那盘菜,菜里冒出黑色的烟。

第三页,一个高个子男孩和矮个子男孩在厨房里打斗。

第四页,矮个子男孩被高个子男孩用镣铐锁在了栏杆上。

第五页,矮个子男孩用菜刀切割着自己的手,红色的鲜血四溢。

第六页,高个子男孩倒在地上,浑身是血,矮个子男孩咧着嘴站在一旁,右手拿着滴血的菜刀,残缺的左手在流血。

第七页,一个成熟的西装男和一个穿着高跟鞋的长发女人出现在家门口,面对着矮个子男孩,以及死掉的高个子男孩和长发女孩。

第八页,高跟鞋女人捂住胸口倒在了地上。

第九页，西装男抱着昏迷的矮个子男孩上了一辆车。

如同连环画一般，邓刚的涂鸦详细地阐述了那天发生的事情，这正印证了罗谦辰去年的推理！

邓刚，本名洪兵。

他在菜里下药，毒死了自己的姐姐。

哥哥和他打斗，将他锁在了厨房。

他抽出菜刀砍断了自己被锁住的左手，用刀砍死了自己的哥哥。

他们的父母回到家，见状，母亲心脏病突发倒地死亡。

父亲抱起昏迷的洪兵，上了车，将他秘密送到了南城县第一人民医院。

那天医生看到的那个中年男人，正是洪谭。

而那张夹在笔记本里的字条，则写着一连串的数字：

2053

1620

0132

2237

5556

0001

0434

常人见到这些数字，可能会一头雾水，但是作为警察，尤其是在警校受过专业密码培训的我，一眼就认出这是中文电码。

2053——我

1620——帮

0132——你

第六个案例
密室里的傀儡

2237——掩

5556——盖

0001——一

0434——切

我帮你掩盖一切!

这是洪谭留给洪兵的字条,上面写着:我帮你掩盖一切!

果真和罗谦辰推理的一样,洪谭的一切行为都是在帮助洪兵掩盖他杀害自己哥哥姐姐、气死自己母亲的罪行!

当我们回到市局的时候,技术部的同事给了我们一个极大的好消息,他们修复了别哲的手机,从里面提取出了六段电话录音。

第一段录音:

陌生人(变声器):你好,别哲警官。

别哲:你是?……

陌生人:你妻子现在我手上。

别哲(警觉):你到底是谁?

陌生人:别警官,我希望你能够问些有价值的问题,想明白了再打给我。

电话挂断。

第二段录音:

别哲(情绪激动):在哪儿?她现在哪儿?!

陌生人(变声器):哈哈哈哈!别警官,看来你妻子还没有回家啊?

别哲:她到底在哪儿?你把她怎么样了?

陌生人:放心,她还活着,想听听她的声音吗?

疯人演绎法 . 2
LUNATIC DEDUCTION

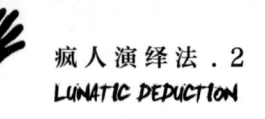

一阵嘈杂声，电话里传来别哲妻子的声音，声音很痛苦，在哭着求饶：放了我吧！求求你，放了我吧！求求你了，放了我吧……

陌生人（邪恶）：不得不说，你老婆挺好看的。

别哲（愤怒）：我警告你，如果你敢伤害她，我一定会让你……

陌生人（轻佻）：会让我怎样？别警官，你会让我怎样呢？（传来别哲妻子的惨叫声）

别哲（求饶，努力遏制音量）：够了！够了！不要伤害她！不要伤害她！你要多少钱我都想办法给你！

陌生人：啧啧啧，你太肤浅了！别警官，我可不是为了钱。

别哲（大吼，失控）：那你到底是为什么？！告诉我！把你要的条件告诉我！

陌生人：不许把你妻子被绑架的事情告诉任何人，对外就说你妻子出远门了，总之随便扯个理由，你们警察最擅长这个。只要你敢说出去，你妻子可就没命了。这是我们俩之间的小秘密，一定要保守哦！哈哈哈，等我电话。

电话挂断。

第三段录音：

陌生人：别警官，今天过得还好吗？

别哲：我妻子在哪儿？！你到底想要什么？

陌生人：那座盐水湖你还记得吗？去那儿，湖的南侧有一间废弃的小木屋，你妻子就在里面！

电话挂断。

第四段录音：

别哲（声嘶力竭，能听到风声）：我要杀了你！我要杀了你！我要杀了你！

陌生人：啧啧啧啧，作为一个警察，光天化日地叫嚣着要杀人，不符合身份吧？对了，你老婆的手好看吗？

别哲（大口喘气）：她还活着吗？告诉我！她还活着吗？！

陌生人：还活着。

别哲：你到底……要玩到什么时候？

陌生人：你终于发现，这是一场游戏了？

别哲（情绪失控大吼）：你到底想玩到什么时候？

陌生人：不要这么激动嘛，别警官！友情提示，记得把你妻子的左手冻在冰箱里哦，要是腐烂了，就接不回去了。记得我们的小秘密哦？不许告诉任何人！等我电话！

电话挂断。

第五段录音：

别哲：玩够了吗？玩够了吗？！

陌生人：来找我吧，地址是和塘村从村口进去的第四栋房子。不见不散！

电话挂断。

第六段录音：

别哲：喂，我到了，这房子没人住，一个人也没有！

陌生人：哈哈哈，我只是试试你会不会听话。

别哲：你要我！

陌生人：明天下午，北口村唯一的那座红色的双层小楼，我会在那房子的地下室等你。不要带其他人哦，不见不散！

电话挂断。

我们将这六段录音播放给了王局听，王局立即召开紧急会议，并且叫来了省厅刑侦总队负责协助办理此案的办案人员。

最终，会议一致通过了对本案的重新调查申请。

我问技术人员："这录音里，通过变声器处理过的声音能还原吗？"

技术人员道："理论上是可以的，但是需要一些时间。"

我道："越快越好！"

技术人员道："给我一周时间。"

一周内，我们出动大量警力资源，全力搜寻邓刚的下落。一周后，技术人员终于将录音的变声器音频还原了。

我听到那成熟的男性嗓音，觉得像是在哪儿听过，但那绝不是邓刚的音色。

突然，我想到了什么，调出了当年海荣渔案的审讯录音。

当听到刘日升的声音时，我浑身打了一个激灵。

经过技术人员对比，确认刘日升的声音和电话录音中那个陌生男人的声音完全吻合。

这个案子，竟然和刘日升有关！

早该想到的，本案的作案手法和去年海上密室案中刘日升四人犯罪团伙的作案手法如出一辙。

偷梁换柱，狸猫换太子！

当时，他们利用这种手法掩盖自己的罪行，消失在了茫茫太平洋当中。

如今，刘日升再度浮出水面。

看来这四人团伙回归了，而邓刚很有可能已经加入了他们的队伍。

要调查刘日升，目前最大的突破口就是他的女友何晓瓶。当年正是何晓瓶以护士身份，协助刘日升团伙偷换血样，才让他们的作案手法得以实现。

可是当我联系后才得知，何晓瓶于一个月前在精神病院自杀了。

而就在一个月前，那个罗谦辰最为挂念的方记者曾去采访过她。

我查阅到了那天的采访记录：

那天下午，天空飘着雨，空气有些潮湿，我在那家医院的会面室里见到了何晓瓶。

她看上去十分清瘦，一见到我，还没等我开口，便对我说："这个世界真的很奇怪，你知道吗？"

我问："为什么这么说？"

她道："在我很小的时候，就对这周围的事物产生了怀疑。"

我道："你怀疑什么？"

她道："不知道你们小时候有没有过这样的感受，那就是……怎么说呢？看到一些长大之后逐渐看不到的东西。"

我道："你是要讲鬼故事吗？"

她摇了摇头道："在我很小的时候，大约是从幼儿园开始我就有一种感觉，自己见到一个从未见过的陌生人，却有一

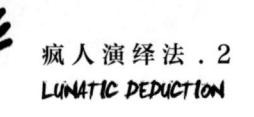

种似曾相识的感觉，就像是曾经在哪里见到过。"

我点了点头道："这种似曾相识的感觉，几乎每个人都有过，这没什么奇怪的。"

她道："比方说，当时有一些同学的家长，会去接他们放学回家，其中有一个家长我是从未见过的。但是有一天，那个家长突然出现在学校，我震惊了。因为我的确感觉自己曾经似乎在哪个地方见过这个人。"

我道："也许你曾经见过那个家长，但是被你忘记了，当你再次见到的时候，激发了你过去的记忆片段，于是有了这种似曾相识的感觉。"

她道："你似乎对心理学有所了解？不过也难怪，我看过你关于梦游症患者的专题报告，的确，你接触我们这类人士多了，也快成半个专家了。好了，我继续讲我的故事。正是因为这种奇怪的感觉不断出现，我对周围的一切都失去了安全感，于是我陷入了一种类似自闭症的状态当中，变得不怎么与周围的人交流了。令我陷入极端自闭状态的，是念学前班的时候发生的一件事……上学前班的时候，有一个男同学和我玩得很不错，那时候我的自闭症算是在他的引导下有所好转。我经常做一个梦，梦到自己在一间老房子里，一个老奶奶满脸皱纹，冲着我微笑。直到有一天，那个男同学邀请我去他家里玩。那是我第一次去他的家，却感觉他家里的格局以及整个环境的细节，我都曾见过，就是我在那场不断反复的梦里所见到过的！那种感觉很奇妙，就好像我曾经在他家里生活过一样。在男孩的房间里，我看到了一个相框，里面的照片是一个老奶奶,那个老奶奶就是我梦里梦到的那个老人。她隔着相框,冲着我笑。我指着照片问那个男同学:这是你奶奶吗?同学点了点头。我又问:她和你住在一起吗?男同学道:奶奶早就过世了。我被吓了一跳,那一刻我觉得相框后面那个老奶奶的笑容变得阴森可怖,转身便逃出了那个房子。那之后,我的自闭症陷入了比以往都要严重的地步。"

她顿了顿,接着说:"小学一年级,由于自闭症的影响,我几乎都不怎么说话,以至于一开始老师认为我可能存在语言功能方面的缺陷,甚至是智力缺陷。"

我道:"可是你很快证明了自己,对吗?"

她道:"是的,虽然我从不说话,也从不发言,从不回答老师的问题,但是,数学考试我却拿到了满分的成绩,几乎每次都是满分,就连那些对于那个年纪的孩子来说极其困难的附加题,我都能够轻松解决。"

我道:"所以你的智力水平实际上是高过同龄人的。"

她道:"是的,但我依旧无法摆脱那种似曾相识的感觉的困扰,那感觉总让我觉得这个世界是如此的不真实。"

我道:"也就是说,那时候你是没有朋友的,那么,你总是孤独一人,你是如何度过那段时光的呢?"

她道:"当你将自己和整个世界隔绝开来的时候,是不会感觉到孤独的。我这么做也是为了保护我自己,因为一旦和其他人接触多了,那种似曾相识的感觉就会源源不断,只有断绝和他人的往来,这种感觉才会减少。"

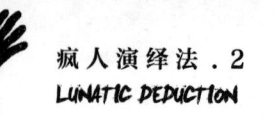

我道:"可是,我看你现在挺能言善道的,也就是说你的自闭症早就已经痊愈了,请问是从什么时候开始痊愈的?"

她道:"小学六年级下学期。"

我问:"六年级下学期?当时发生了什么让你产生了这样的转变?"

她突然道:"你看过《午夜凶铃》吗?"

我道:"这个话题转得有点大。当然看过,一部很有名的日本恐怖电影。"

她道:"那部电影的原著小说你看过吗?铃木光司写的。"

我摇了摇头道:"这倒没看过。"

她道:"其实应该翻译成'环',但是,中文翻译的时候为了噱头,根据内容翻译成了'午夜凶铃'。小说一共四部,和电影有所不同的是,原著小说实际上从整体来看,并不是一部单纯的恐怖小说,而是带有恐怖氛围的科幻小说。"

我道:"科幻小说?"

她道:"是的。实际上,贞子所处的那个世界,是一个由超级计算机模拟出来的世界,被称为'环'界。"

我道:"有点像《黑客帝国》。"

她道:"实际上,《午夜凶铃》小说的出版时间,比《黑客帝国》要早几年。"

我问:"为什么要提到这部小说?"

她道:"因为这个世界是假的。"

我笑了笑道:"你的确是看过我那些报告的人。"

她道:"小说当中,记者浅川根据贞子事件写下了一篇名

第六个案例
密室里的傀儡

叫《环》的报告,而实际上,浅川的报告中被植入了山村贞子的意念。问题的关键就在这里,你在读小说的时候,小说里的情景和人物形象,都是你根据书中的描述脑补出来的对吗?"

我道:"当然。"

她道:"你是否承认,你所脑补出的场景和人物形象,实际上与小说的作者在创作的时候在脑海里构建的场景与人物形象是有区别的?"

我道:"这个肯定啊,文字又不是图像,不可能那么直观地表现出场景和人物的样貌,读者只能根据作者的文字描写来想象出画面,至于画面的细节是怎样的,那就取决于每一个读者的见识了,自然和作者本人想象出的画面不是完全一致的。正所谓一千个人眼里有一千个《红楼梦》嘛,每个人对相同事物的主观理解都是有所区别的。"

她道:"看来你对这个问题理解得很透彻。的确,对于一个已经存在的客观事物,每个人都有其主观上的理解,这种理解受限于这个人的学识和认知。但是,在《午夜凶铃》中描述了这样一个场景,山村贞子利用浅川的手笔,写下的《环》这篇报告,读者在阅读完之后,实地进行考察,却发现自己在阅读报告时脑海中所脑补出来的画面,竟然和实地考察时的现实场景画面完全一致,就连所有的细节都是相同的。"

我道:"这毕竟只是小说里虚构的而已,现实中是不可能发生这样的情况的。"

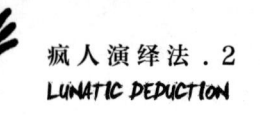

她突然定定地看着我道:"我就是!"

我一愣:"什么?"

她道:"你还记不记得我之前对你说过的?"

我道:"你说你小时候,经常会对一些从未去过的陌生场景或者从未见过的人,有一种似曾相识的感觉。"

她道:"是的,也就是在小学六年级,我突然意识到原来那些似曾相识的感觉,并不是闹鬼,也并不是做梦或者幻觉,而是我似乎天生具备的某种特殊能力所导致的。"

我道:"特殊能力?特异功能吗?"

她道:"可以这么理解吧。这是一种怎样的能力呢?比方说,我现在给你描述我的家,我说我的家是一间白色的屋子,格局十分简单,客厅里有灰色的沙发、大理石的茶几,电视墙上挂着液晶电视。我在描述的时候,你的脑海里已经在想象或者脑补我家里的画面了,对不对?"

我道:"是的。"

她道:"但是你知道,听过我刚才这段简单的描述,你脑海中所脑补的画面,肯定和我脑子里所想象的画面是有很大差距的。"

我道:"这个当然。"

她道:"但我不一样,当他人在描述一个人或者一个场景的时候,我能够精准地在脑海中还原出他的描述,精准到一切的细节都和他大脑中所想的一样。"

我道:"比方说,我现在给你描述一个你没见过的人,你能够在脑子里构建出那个人真实的模样吗?"

第六个案例
密室里的傀儡

她道:"只要你在描述的过程中,你脑子里想象的那个画面是准确的,那么,我就能够清楚地知道那个人真实的长相。因为我所感知到的,是你脑子里的画面。这也就解释了,我为什么能够不断地产生似曾相识的感觉,因为在集体环境中,我总免不了听到旁人描述他的家、他的家人,他的日常接触环境,那么这些都会在我的脑子里形成准确的画面,于是当我真正看到他们所描述的东西的时候,就和我脑子里想象出的画面一模一样,于是就有了似曾相识的感觉。"

我道:"所以你现在依旧保持着这样的能力,对吗?"

她点了点头。

我道:"既然你说你看过我的调查报告,那么,你能给我描述下罗谦辰的相貌吗?"

她道:"我可以画下来给你。"

她向医生要来了纸和笔,在医生和两名护工的监督下,她以极快的速度完成了这幅罗谦辰的肖像画素描。

那一刻,我震惊了,因为她画得的确很像。

她道:"现在相信了吗?"

我没有说话,因为冷静下来思考一下,这并不能说明什么,罗谦辰曾经因为梦游杀妻案上过新闻,她只需要搜索一下,就能够知道罗谦辰的长相。

本次采访,也因为时间关系,到此结束。

方洋会不会和何晓瓶的自杀有关呢?可是一直以来,为了保护他,他都在我们警方的监控之下,他应该不具备任何作案时间,更不具备任何作案动机。

且从当天的采访记录来看,也看不出任何端倪,方洋并没有任何在采访过程中教唆何晓瓶自杀的行为。

方洋的嫌疑可以排除。

那么,何晓瓶的自杀,会不会和这次刘日升浮出水面有关呢?

一个月前何晓瓶就知道刘日升回来了,于是自杀?还是说,何晓瓶的死仅仅只是精神状况恶化的结果?

这一切,或许只有在抓到刘日升团伙之后,才得以揭晓。

但目前来看,刘日升团伙杀害别哲的行为,的确是在向我们警队发起挑战,我们必须倾尽一切将其绳之以法!

哪怕是付出生命的代价!

第七个案例

午夜凶铃事件

第七个案例
午夜凶铃事件

我反复思考,依旧怀疑何晓瓶的死和刘日升有关,她可能并不是单纯的自杀。获得局长批准,我独自一人来到那座北方沿海城市。

一年前,我曾抵达这里,配合罗谦辰一道协助公安部和当地省公安厅、市公安局,侦破那起著名的死亡游轮案。

这回,当地公安局负责与我对接的,是他们刑侦支队的副队长徐丽萍。她和我年纪相仿,是该市赫赫有名的女神探。

徐丽萍在机场接到我,一见面她便对我道:"陈队,上次我在美国出差,没来得及赶回来,听说死亡游轮案是你帮忙侦破的,真是厉害啊。"

我尴尬地笑了笑说:"主要是我那位朋友帮忙侦破的。"

徐丽萍道:"有机会,我一定要见见你说的这位朋友。"

随后我们上了车,徐丽萍开车送我去市局安排的招待所,随后我们俩在招待所附近的一家餐馆简单地吃了顿便饭,便直奔何晓瓶生前接受治疗的那家精神病医院。

何晓瓶是H省R市人,R市正是去年海上密室案中那艘海荣渔号渔船的归属地。由于何晓瓶协同刘日升团伙作案,所以被检方提起公诉。但在调查中,检方发现她患有精神疾病,由于R市并不具备收押

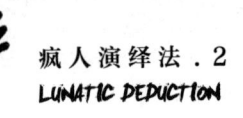

罪犯的精神病医院环境，最终法院判处她进入这座北方沿海城市的专门接收罪犯的高戒备精神病医院接受治疗。

而这座城市也发生过一起海上案件——死亡游轮案，给人的感觉就像是宿命的安排。

在去那家精神病医院的路上，徐丽萍道："陈队，听上级说，你这次来是怀疑何晓瓶的死并不是自杀那么简单？"

我道："我不确定，就是觉得可能有些蹊跷，想亲自调查一下。"

徐丽萍道："那陈队你可能要失望了，何晓瓶的死亡现场是我负责勘验的，不可能是他杀，确系自杀无误。"

的确如徐丽萍说的那样，当我到达医院后，发现何晓瓶的确只存在自杀的可能。她死在了自己的单人病房中，用一个在食堂偷的塑料袋罩住了自己的脑袋，而后窒息身亡。病房没有窗户，全密闭状态，病房内有一个监控摄像头，录下了她自杀的全过程。所以，不存在任何他杀的可能性。

我又调查了何晓瓶入院以来所有的访客记录，每一个造访者医院都会进行人脸拍照登记，但在其中并未发现刘日升团伙的踪迹，实际上唯一探访过何晓瓶的人，只有方洋。但方洋教唆他人自杀的嫌疑，已经被我排除。

我准备乘坐次日的航班返程。

当晚，我和徐丽萍在该市市中心的一座商场里吃了顿晚餐，相互交流了一下各自的刑侦经验，之后，她便开车送我到了招待所楼下。随后，我和她告别，独自一人上了楼，进了房间便感觉到一阵倦意袭来，早早地睡下了。

大约是在凌晨一点的时候，我被一连串急促的手机铃声吵醒了。

第七个案例
午夜凶铃事件

这夜半来电导致的骤然惊醒,弄得我心脏怦怦直跳,因为一般这个点儿来电,都是有重大紧急案情发生。

我一看是徐丽萍的电话,便更加坐实了这种猜测,于是立马接通了。

电话那头,徐丽萍用冷静的语调对我说:"陈队,有个案子需要你协助侦破。"

随后,我立马起身,前往案发现场。

案发现场位于一幢三层独栋别墅内。

别墅的男主人正是何晓瓶生前在精神病医院的主治医生——夏敬。他被发现死在了二楼主卧的地板上。

报案人是他的妻子,郝可人。

郝可人是一名护士,和夏敬在同一家精神病医院工作。

她看上去吓坏了,浑身瑟瑟发抖,冷汗直冒,像是刚从凉水里出来的。当我们向她问话时,她像是发疯了一般,嘴里不停地念叨着:"有鬼!有鬼!有鬼!"

她不敢在自己家中逗留半步,我们把她带回了警局。

为了避免她过分紧张,我们将询问场所安排在了局里的食堂内。

徐丽萍让食堂的师傅下了一碗牛肉面端到了郝可人面前,但她盯着眼前的面,似乎半点吃不下。

我和徐丽萍隔着餐桌,坐在她对面,开始向她询问事件的经过。

徐丽萍率先发问道:"郝女士,你一直说有鬼,你是不是看到什么了?"

郝可人的身体还在微微颤抖着,过了好一会儿,她才终于开口道:"是何晓瓶……是何晓瓶杀了他!"

我一怔,道:"你说凶手是何晓瓶?可是你应该知道,何晓瓶早在

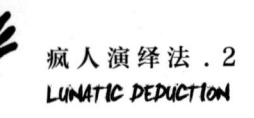

一个多月前就自杀了。"

郝可人倒吸了一口气,声音都在发抖:"所以说有鬼!何晓瓶回来了,她回来向我们索命来了!"

我和徐丽萍面面相觑。

徐丽萍向她发问道:"你怎么确定是何晓瓶?"

郝可人答:"就在一周前,我老公收到了一个陌生人发给他的邮件。邮件当中有一段视频,他点开来看了。当时他在书房,我在卧室,我听到他在书房里尖叫起来,于是立马跑了过去,就看到他一把将笔记本电脑给合上了,面色铁青。我问他发生了什么,他没说话。就在这时我老公的手机响了起来,他接通电话后,吓得将手机摔在了地上。我注意到当时的时间,刚好过零点。"

我问:"他在电话里听到什么了?"

郝可人道:"电话里的人对他说:'你还剩七天。'"

我问:"电话里的人是男还是女?"

郝可人道:"我老公说是个女人,他说给他打电话的人是何晓瓶。"

我道:"何晓瓶不是已经死了吗?"

郝可人道:"我当时也是这么对他说的。可他说,那就是何晓瓶的声音。而那个电话号码,也是何晓瓶入院前使用的手机号码。"

徐丽萍问:"也就是说,正如电话里所说的那样,从接到电话那天开始算起,你老公夏敬在第七天死亡了。"

郝可人道:"是的。"

我问:"这七天来,他有什么异常吗?"

郝可人道:"他很害怕,每天魂不守舍,一连好多天都是那样。最恐怖的是接连几天,家里都出现了一些奇怪的现象。"

第七个案例
午夜凶铃事件

我问:"什么现象?"

郝可人道:"第一天,浴缸里出现了一团黑色的长发,那不是我的,更不是我老公的。我老公很担心,就带着头发到医院做了DNA检测,发现那是何晓瓶的头发。第二天,家里饮水机里的水变成了血红色,那真的是血,经过DNA比对,那是何晓瓶的血……"

徐丽萍说:"你等一下,你说的这些有谁能够证明?这有可能只是你编出来的。"

郝可人道:"不是我编的,都是真的!况且,这些不是我最先发现的,是每天上午来我们家做清洁的保洁阿姨发现的!"

随后,我们联系上了那名保洁阿姨,并将她叫到了局里问话。

保洁阿姨说:"是的,是的,是俺发现的。当时俺打扫卫生,就在浴缸里发现了那些头发。当时俺看着那是女人的头发,但郝女士的头发是染了的红发,俺怀疑是不是夏先生悄悄带别的女人回来了,就告诉了郝女士。还有第二天,俺亲眼看到那饮水机里的水是红色的。俺就觉得很害怕,觉着那屋子是闹鬼了,就把这工作辞了。"

我问:"你以前一直给郝女士家做保洁吗?"

保洁阿姨道:"也没有一直,之前应该是别人做的,俺是一个月前才被公司安排给郝女士家做保洁的,没想到会遇到这档子事。哎哟,也真是晦气!"

我问:"你给他们家做保洁,除了最后这两天,之前那一个月,你发现什么异常没?"

保洁阿姨道:"异常?俺是没发现什么异常,俺就是个做保洁的,能发现啥异常?"

徐丽萍问:"真的一点异常都没有吗?"

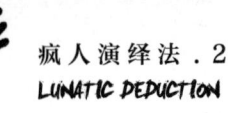

保洁阿姨想了想,然后说:"要说异常吧,就有回俺听到他们夫妻俩吵架,当然也没当面吵,当时夏先生不在家里,郝女士是对着手机吵的。"

徐丽萍问:"什么内容?"

保洁阿姨道:"俺也没听全,反正吵得挺厉害的,就听到郝女士喊着:'你和她的事情,我全都知道了!我需要你给我一个解释!'俺猜大概就是夏先生在外面搞外遇被郝女士抓到了。"

我和徐丽萍互相看了看,而后我问:"没别的了吗?"

保洁阿姨摇了摇头道:"没了,就是有,俺这记性也不记得了。"

我们派人调查了这名保洁阿姨的背景,她叫罗源雯,五十五岁,一个多月前刚来到这座城市,在一家正规家政保洁公司上班,底子干净,无作案动机。

我们又继续向郝可人问话。

我问:"夏敬死的时候,你在哪儿?"

郝可人道:"当时我就睡在他身旁。零点的时候,他突然尖叫起来,把我也给吓醒了。我看到他疯狂地喊叫起来,像是看到鬼一样。他还大声地求饶,喊着:'何晓瓶,放过我吧!何晓瓶,求求你放过我吧!'可是他刚喊完,整个人就从床上滚了下去,摔在了地板上,之后一点动静也没了。"

徐丽萍道:"你的意思是说,何晓瓶化作厉鬼杀了夏敬?"

郝可人摇了摇头,眼神中充满了恐惧:"我不知道,我不知道,当时我什么也没看到,他就一直对着空气喊!但我感觉他一定是看到了什么,因为他是被什么东西吓死的!"

徐丽萍很冷静地说:"他是不是被吓死的,等法医的尸检报告出来后就清楚了。"

当天下午,法医的尸检结果终于出来了。

法医道:"夏敬死于突发心肌梗死导致的心源性猝死,无其他外伤和外力作用痕迹。"

徐丽萍问法医:"提取到什么药物成分了吗?"

法医道:"有,我在死者的身体里提取到了一种违禁药物——安眠酮。这种药物最早是用来治疗失眠的,但很快有人发现只要你服下之后,熬过半小时不睡,就会出现幻觉,效果类似于摇头丸。所以,安眠酮被定义为管制类药物。"

徐丽萍问:"安眠酮是导致死者心源性猝死的原因吗?"

法医摇了摇头道:"安眠酮并不是直接原因,死者的死亡的确是由于受到过度惊吓导致的心肌梗死。从尸检结果看,死者有较为严重的心脏疾病,他的心脏血管内有大量淤积的血栓。另外,我还在死者的体内检查到了一种药物——西地那非。"

徐丽萍问:"那是什么?"

法医道:"俗称'伟哥'。"

徐丽萍道:"你是说,死者生前服用了伟哥?"

法医道:"是的。另外还有一定量的有机硝酸盐,不过从死者胃囊中提取到了未消化完的咸菜,那些硝酸盐应该来源于此。死者的心源性猝死也与此有关,因为西地那非和硝酸盐发生混合,有一定概率会导致人体发生心源性猝死,在人体本身具备心脏疾病的情况下,这种猝死的概率会非常高。"

当天晚上,我们再度提审郝可人。

徐丽萍率先发问道:"法医的验尸报告出来了,和你说的一样,夏

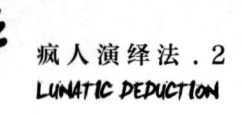

敬是被吓死的，是过度惊吓和突然刺激导致的心源性猝死。另外，有一件事情你向我们隐瞒了，夏敬生前大量服用了安眠酮。"

郝可人听完，低下了头，没有说话。

徐丽萍道："你知不知道安眠酮是违禁药物，擅自使用是违法的。"

郝可人点了点头："但……我和我老公都在精神病医院工作，他又是专业的精神科医生，所以，他给自己开处方拿安眠酮，应该、应该也不算违法吧？"

徐丽萍问："你老公为什么要给自己开安眠酮？"

郝可人道："他工作压力大，经常失眠，所以需要长期服用大量的安眠酮来助眠。"

徐丽萍问："别的安眠药就不行吗？"

郝可人道："只有安眠酮能让他睡着。"

徐丽萍道："夏敬所出现的幻觉，很有可能就是安眠酮所导致的。另外，之前在你家工作过的那名保洁阿姨说，有天听到你在电话中和你老公吵架，疑似你老公有外遇，有这回事吗？"

郝可人道："哪儿有啊？那肯定是她听错了！"

徐丽萍道："是吗？你知不知道刑侦学上面有一个惯例，一般第一报案人最具作案嫌疑。"

郝可人慌了："你……你是怀疑我……我老公是被吓死的，这你刚才也说了。"

徐丽萍道："请先听我的推理。我先假设你就是凶手，你看我的这套推理是否符合逻辑？你怀疑你老公有外遇，在交涉无果之后，你动了杀害他的念头。但是，你并不能直接杀害他，因为这样做你自己也会坐牢，甚至被判处死刑。于是，你开始了装神弄鬼的计划。这个

第七个案例
午夜凶铃事件

计划可能开始于一个月前，那时候何晓瓶还没有死，你是何晓瓶的护士，于是利用职务之便，取得了她的头发和血液，并且保存起来。何晓瓶的自杀，肯定和你老公夏敬有关，我甚至怀疑你在电话中所提到的你老公的外遇对象，没准儿就是何晓瓶。因为这一系列的纠葛，何晓瓶自杀了。夏敬对此心怀愧疚，但是你却时刻准备着启动杀夫的计划。你将某个与何晓瓶有关的录像发到了夏敬的邮箱，在这个过程中，可能会有一个同伙，你搞到了何晓瓶入院前所使用过的手机号码，让同伙用这个号码给夏敬打电话。至于电话里何晓瓶的声音应该是你在何晓瓶生前录好的，比如你可以让何晓瓶阅读一段文字，而那段文字里刚好有'你还剩七天'这句话。之后，你利用何晓瓶的头发和血液，加强夏敬的心理暗示，让他误以为何晓瓶化作厉鬼回来找他了。并且，你让保洁阿姨第一时间发现头发和血液，于是她便无意中成了你的证人。你知道你老公有严重的心脏疾病，所以，你悄悄将大剂量的西地那非和硝酸盐与咖啡之类的饮食混合之后，让你老公喝下，导致夏敬血压骤降，而后你假扮成女鬼，让他受到突然惊吓，在其自身疾病加药物毒性以及心理暗示和刺激惊吓的多重作用下，夏敬突发心源性猝死。"

郝可人疯狂地摇着头说："不是这样，不是这样的！就是何晓瓶，是何晓瓶杀了他！"

我道："郝女士，这个世界上是没有鬼的。"

郝可人大口大口地喘息起来："那录像，我也看了……"

我道："你是说，发到你老公邮箱里的那个神秘录像？"

郝可人点了点头道："是的！在我老公看完那段录像的第二天晚上，在我的强烈要求下，他给我播放了那段录像，然后我就接到了那

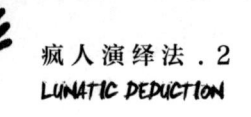

疯人演绎法.2
LUNATIC DEDUCTION

通电话,电话里何晓瓶对我说:'你还剩七天!'按照时间计算,还有五分钟,还有五分钟我就会死!"

她说完,大口大口地喘息起来,满头是汗:"我想、我想喝水……"

我道:"我去给你倒。"

她道:"不,我带了,在我的包里。"

她说着,拉开放在一旁的挎包拉链,从里面取出一个水杯。

她拧开盖子,刚要喝,徐丽萍便冷笑起来:"还是不要再徒劳了吧。"

郝可人愣住了。

徐丽萍说:"如果我没猜错,你杯子里的水混合了大量的西地那非和硝酸盐,你想借此导致你血压骤降、心律失常,甚至发生休克性昏迷。在这个过程中,你甚至会开始你精湛的表演,你可能会假装看到了何晓瓶化作厉鬼向你走来,然后你就装作惊恐发狂,配合着药物的作用倒地。你知道我们会立即将你送进医院,对你进行抢救,由于你本身没有心脏疾病,所以你知道自己会被顺利地抢救回来。我们警方也会因此相信你这套午夜凶铃的鬼话,排除你的作案嫌疑。是这样吗,郝女士?"

郝可人浑身颤抖起来。

徐丽萍冷笑了一声:"你这样做,实在是愚蠢!你在自己的杯子里混入西地那非和硝酸盐的行为,反而更加坐实了你就是杀害夏敬的真凶。我们的技术人员只要通过化学检测,就能很轻易地辨认出药物成分。"

郝可人松了手,杯子跌落在地,她低下了头,掩面哭泣起来:"我这么做……也是为了何晓瓶……"

我深吸了一口气道:"你这是承认了?"

徐丽萍道:"看来何晓瓶的死,的确和夏敬有关。"

郝可人道:"他利用职务之便,多次对何晓瓶实施强奸!何晓瓶不堪侮辱才自杀的!她决定自杀之前把一切都告诉我,希望我能够帮她复仇。"

徐丽萍问:"你还有一个帮手,如果我没猜错,就是那个保洁阿姨,是她帮你拨打了那通电话、发送了那个视频,视频的内容到底是什么?"

郝可人道:"是夏敬强奸何晓瓶的画面,我协助何晓瓶,用针孔摄影机录下来的。"

我问:"既然有证据,为什么不选择报警?"

郝可人笑了:"报警?强奸罪最多十年,何晓瓶不要他坐牢,要他死!"

我问:"可夏敬是你老公,你为什么要帮一名患者去杀掉你老公?"

郝可人冲我翻了个白眼,她看向徐丽萍:"你应该能理解吧?"

徐丽萍道:"虽然我还没成婚,但作为一个女人,我是可以理解的。女人对于男人出轨都会心生杀意,何况是那个男人在外面强奸别的女人。"

郝可人道:"没错,那令我感到恶心!"

我问郝可人:"那个保洁阿姨为什么愿意帮你?"

郝可人道:"何晓瓶从小就被遗弃,她户口本上登记的父母,实际和她没有血缘关系,是她的养父母。"

我道:"所以……你的意思是说,那个保洁阿姨实际上是……"

郝可人道:"实际上是何晓瓶的亲生母亲。对遗弃女儿多年来的愧疚,让她主动找上门来,协助我作案。"

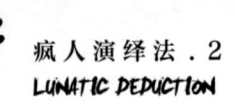

很快，徐丽萍派人逮捕了保洁阿姨罗源雯。在审讯室里，她对自己的一切罪行供认不讳。

顷刻间，我对这个叫徐丽萍的女人产生了极大的敬佩，能够在如此短暂的时间内做出推理、得出真相，并在审讯中让凶手自动承认罪行，她果然不负盛名，是一个当之无愧的女神探。

同时，本案也消除了我心中的那一重疑问，看来何晓瓶的死和刘日升并没有任何关系。

可是，当我离开这座北方沿海城市，回到本市后不久，我从徐丽萍那儿得到了一个全新的情况。

徐丽萍在电话里说："我一直认为这么复杂的作案过程，一定不是郝可人和罗源雯两个人能够想出来的，这背后一定还有人策划指使，而那个人才是真正想要杀死夏敬的人！经过我们的高压审讯，郝可人最终说出了那个名字。"

我问："谁？"

徐丽萍道："何木成。"

我倒吸了一口凉气，何木成正是刘日升四人团伙的成员之一。

何晓瓶是刘日升的女友，刘日升显然知道何晓瓶之死是夏敬导致的，所以他要为自己的女友复仇，便安排何木成去策划了这起案件。

电话里，徐丽萍流露出一丝疑惑："有一个问题，我百思不得其解。"

我问："什么问题？"

徐丽萍说："我们查询到夏敬并没有心脏病史，他在死前的一个月还做过体检，体检报告显示他的心脏一切正常，没有任何器质性病变。"

我问："会不会是这一个月来，凶手悄悄给夏敬服用了某种药物，导致了心脏在一个月内急速恶化?"

徐丽萍道:"我也这么想过,但法医否定了我的想法,因为如果夏敬在一个月内长期服用这种药物,尸检是可以检查出来的,但是结果却没有。看上去就像是突然之间,心脏发生了器质性的病变,却找不出任何缘由。"

我半开玩笑道:"难不成真的是何晓瓶化作厉鬼回来寻仇了?"

徐丽萍道:"我会加大审讯力度,相信能问出端倪!"

可是,直到郝可人和罗源雯被判处死刑,并完成执行,徐丽萍也没能从她们口中问出夏敬心脏骤然病变的原因。

精神病毒变异

第八个案例

第八个案例
精神病毒变异

九月,入秋,天气逐渐转凉,本市处于流感病毒高发季节。

对刘日升团伙的追踪还在继续,但新的案情犹如冠状病毒变异一般爆发了。

位于市郊的一家精神卫生所发生惨案,一名精神病人用一把斧子将卫生所内住院的其他十五名精神病患者系数砍杀,并在砍死两名护工、一名医生和两名保安之后,猖狂地逃离卫生所,消失在了监控视野之外。

"首先,作案工具是一把斧子,精神病院内怎么会有斧子,斧子是从哪儿来的?"

我将这个问题问了出来,卫生所内幸存的医护人员无一人能够回答,最后,一名保安对我说:"上周所里搞设备维修,斧子应该是那时候维修队落下的,刚好被那个患者捡到了,藏了起来。"

该患者名叫王学严,今年二十六岁,患有妄想型精神分裂症。

其主治医生名叫胡先勇,我便向他询问关于王学严的情况。

胡先勇介绍说:"王学严是一年前入院的,是他父母把他送来的,这孩子大学毕业后就变得神神道道的,开始妄想自己是一枚病毒。"

我感到不可思议:"妄想自己是病毒?"

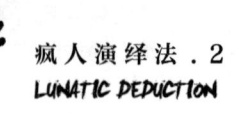

胡先勇说："没错，他认为我们全人类都是病毒。我对他的脑部进行了脑 CT 检查，发现他的大脑有着符合一般精神分裂症状态的器质性病变，于是安排其住院。"

我问："他入院之后呢？有表现出狂躁之类的症状吗？"

胡先勇摇了摇头道："没有。他进来之后很沉默，不怎么说话，也不怎么和周围的患者交流，从来不与他人起争执，我们给他打针喂药，他都十分配合。"

我道："也就是说，你完全没料到他会突然出现如此残暴的杀人举动？"

胡先勇点了点头道："是的，本来已经准备安排他出院了，所以并没有对他进行高戒备的看护，可谁知道会有这种事情发生。"

很快，市里陆续有精神病患者失踪。这些失踪的患者多数在农村，家庭无法负担高额的精神病医院住院治疗费用，于是选择在家看护治疗。

第一名失踪的精神病患者为保护其隐私，我将其编名为：01 号。

01 号，性别男，二十七岁，被确诊患有妄想型精神分裂症，入院治疗三年未见好转，由于家庭经济困难，只好将其带回家中看护。

该患者失踪后，其家人第一时间就向该辖区派出所报案。警方通过调取监控录像发现，01 号是被一名年轻男子持斧子强行掳走的。

而天网系统的人脸识别技术很快识别出，此人正是被我们通缉的精神病患者王学严。

王学严强行劫持 01 号的犯罪行为，距离他一手制造的精神卫生所惨案才过去短短三天。

"才三天时间，这变态狂又犯案了！"黄朗面对监控录像破口大骂道,"这个被他拐走的精神病患者,怕是已经被他杀害了!"

我道:"老黄,没找到人之前别乱说,注意影响!"

黄朗道:"案发的这个村子,距离那家精神卫生所直线距离大约三公里,可以看出王学严的行为属于就近犯案。也就是说,他的活动范围应该还不算太广,因为他没钱坐车,况且挟持了一名精神病患者,他也没法打车。他自己也没有车辆之类的运载工具,市里最近也没有出现车辆被劫持的报案,所以他即便要杀人抛尸或是玩囚禁,都应该在距离事发地点不超过半径三公里的范围内。我们应该加大力度,在案发村落及周边进行走访排查。"

我认同黄朗的观点,立即抽调警队,在事发地周围进行大规模的走访和搜查,但是并没能获得更多线索。

三天后,02号精神病患者失踪了。

02号,性别男,二十五岁,被确诊患有妄想型精神分裂症,入院治疗一年未见好转,由于家庭条件所限,被其家人带回家中看护。

监控录像同样拍摄到了王学严手持利斧将其掳走的画面。

但这次的事发地点所在村庄,距离01号失踪地点,直线距离高达二十公里,跨度如此之大,这瞬间击溃了黄朗之前关于凶手就近作案的分析。

经调查,01号和02号与王学严之间无任何交集,可以确定王学严属于专门对精神病患者的无明确动机作案。

可能唯一的动机就是他精神分裂症的发作。

在市局刑侦支队办公室,黄朗看着地图,用笔将精神卫生所、01号失踪点、02号失踪点全部用马克笔标注出来,然后在它们之间画上了直线。

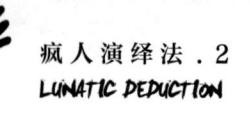

连接线构成了一个不规则的三角形。

只见黄朗给自己点了一支烟，猛抽了一口，狠狠地将青烟吐出道："哼！作案地点，毫无规律！"

我道："但作案时间是有规律的，如果我没猜错，王学严下一次作案依旧会和本次相隔三天时间。"

黄朗抽着烟，眯着眼睛，看着地图道："你说要是那个厨子，他会怎么分析这起案件？难不成又是黄金比例抛尸之类的？"

我喝了一口茶，半带调侃道："怎么，难不成你刚才在地图上画那个三角形，其实是试图用罗谦辰的逻辑去思考案情？"

黄朗又抽了一口烟，咳嗽起来："我去！老陈，你真是个逻辑鬼才啊！将案发地点联系起来思考，难道不是在警校里就学习过的刑侦学常识吗？"

我又喝了一口茶道："好了，我懂你的意思了。"

黄朗道："你懂什么了？"

我将茶水一饮而尽道："我这就去向王局申请，今晚就去监狱面见罗谦辰。"

黄朗道："我去，我是这意思吗？"

当天晚上，我独自前往监狱。

在监狱，我看到罗谦辰正在牢房里阅读一本书，我仔细一看，那本书名叫《梦游症调查报告》，作者：方洋。

我惊讶道："看来这位方大记者都出书了啊，你特地让狱警买给你的？"

罗谦辰缓缓放下书，儒雅的眼神凝视着我，仿佛洞悉我内心的一切。他对我道："也许你也在写一本书，也许这本书里会有我的存在。"

第八个案例
精神病毒变异

我道:"我只是随便写写而已,就是写日常的刑侦笔记。我的水平写出来的东西怕是没办法出版,因为我连书名都还没想好。"

罗谦辰道:"如果笔记的内容和我有关,我倒是有个不错的书名可以提供给你。"

我道:"请指教。"

罗谦辰道:"一个疯子,以疯子的逻辑去破解疯子们犯的案。不如就叫《疯人演绎法》。"

我道:"疯人,演绎法。疯人的演绎推理逻辑,的确是个好名字,我收下了。"

罗谦辰道:"又有案子了?"

我点了点头,而后将案卷材料递交给他。

待他看完之后,我开口问道:"你对这个案子有什么看法?"

罗谦辰道:"凶手还有不到三天就会继续作案,而你们对此陷入了僵局当中,你们无法寻找到凶手,因为作案地点毫无规律。"

我道:"是的,所以想请你帮助我们分析一下。"

罗谦辰道:"首先,本案和作案地点毫无关系,在这上面钻研实属浪费时间。本案的关键在于凶手的作案动机。"

我道:"他似乎没有明确的作案动机,我们只知道他会挑选在家中看护的精神病患者作案。但目前被他劫持的这两名患者,都和他没有任何交集,所以我看不出他存在任何的明确动机,就像是无差别作案那样,似乎他的一切行为都是精神分裂症发作所导致的。"

罗谦辰道:"从你提供的案卷材料来看,01号和02号被劫持失踪者全都患有妄想型精神分裂症。我觉得你可以深入地了解一下,他们各自的妄想症状有什么特异性,或许规律就在其中。"

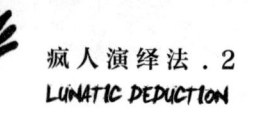

回到市局后,我立即开展了对01号和02号患者的深入调查。他们俩来自市里两家不同的精神病医院,我分别叫来了他们在精神病院治疗时期的主治医生。

01号患者的主治医生与我同姓。

我问陈医生道:"你是如何确定这名患者有妄想型精神分裂症的?"

陈医生道:"我首先对他进行了测试,然后进行了脑CT的检查,他的大脑的确有和精神分裂症相符的器质性的病变。"

我问:"那妄想这方面,是如何确定的呢?"

陈医生道:"这个是通过测试。他发病的时候,会妄想自己是一条蜈蚣。"

我道:"蜈蚣?"

陈医生道:"是的。他的身体甚至会像蜈蚣一样扭来扭去,在地上爬行。那绝对不是演出来的,所以我判断他属于妄想型精神分裂症患者。"

02号患者的主治医生姓金。

金医生对我道:"一开始是他父母给我们医院打的电话,我们确定情况之后,就派人到他家里,把他强制扭送到了我院接受看护治疗。"

我问:"他的父母为什么要送他入院?"

金医生道:"因为他吃老鼠,他把家里的仓鼠活活生吞了。"

我道:"他妄想自己是一只猫?"

金医生摇了摇头说:"一开始我也是这么认为的,但是很快我发现他并非妄想自己是一只猫,他妄想自己是一条蛇!"

第八个案例
精神病毒变异

"一个妄想自己是一条蜈蚣,一个妄想自己是一条蛇,什么乱七八糟的?这能看出什么规律?"市局刑侦支队办公室里,黄朗听完我的叙述,如此说道。

我皱着眉头思考着,自顾自道:"也许……的确存在某种内在联系,只是被我们忽略掉了?"

黄朗道:"还是来点实际的吧,继续调监控,搜寻王学严的踪迹,并且增派人手,在地面加大搜索力度。我就不信了,那小子还能长翅膀飞了?"

可是03号失踪者还是出现了,时间如我们所预料的那样,是在02号患者失踪的三天后。

本次事发地点所在村落,距离02号事发地十五公里,距离01号事发地二十六公里,这再一次证明了,凶手的作案地点是毫无规律可循的。

03号失踪者是一名女性,三十岁,同样患有妄想型精神分裂症,而我在询问过她以前在精神病院的主治医生后,得知该患者妄想自己是一只蝎子。

我再一次来到监狱,见到罗谦辰,向他阐述新失踪者的情况,罗谦辰听完后对我说:"凶手还会进行两次作案。"

我道:"你是说……还会有两名精神病患者被王学严劫持?"

罗谦辰点了点头道:"是的。"

我问:"可你是如何得出这个结论的?"

罗谦辰微微一笑:"如同上次见面我对你说的,你发现这3名失踪患者之间的内在规律了吗?"

我道:"他们全都有妄想型精神分裂症。"

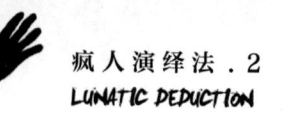

罗谦辰道:"还有呢?"

我道:"但他们妄想的东西全都不一样,01号妄想自己是蜈蚣,02号妄想自己是蛇,03号妄想自己是蝎子。"

罗谦辰道:"蜈蚣、蛇、蝎子,这三者之间具备一个怎样的共同点?"

我道:"它们都有毒性?"

罗谦辰道:"它们都属于五毒。"

我道:"五毒,武侠小说里五毒教的那个五毒?"

罗谦辰道:"五毒按顺序分别是蜈蚣、蛇、蝎子、壁虎、蟾蜍。"

我道:"你的意思是凶手在按照五毒的顺序挑选目标?"

罗谦辰道:"没错!"

我道:"也就是说,凶手的下一个作案目标,会是一个妄想自己是壁虎的精神分裂症患者?而最后一个目标,会妄想自己是一只蟾蜍?"

罗谦辰点了点头。

我问:"可王学严为什么要这么做?"

罗谦辰道:"你之前说过通过你的调查,你知道王学严妄想自己是一枚病毒。"

我道:"他认为我们所有人都是病毒。"

罗谦辰问:"病毒最期待什么?"

我道:"感染、传播、复制。"

罗谦辰道:"如何获得更强的感染能力?"

我道:"变异?"

罗谦辰道:"是的,变异。"

我道:"你的意思是说王学严绑架精神病患者的行为,是为了完成自身的变异,是这样吗?"

第八个案例
精神病毒变异

罗谦辰道："这符合病毒变异的规律。王学严不会去绑架普通人，因为普通人在他眼里属于普通病毒，对于他本身的变异升级是毫无帮助的。这就类似于养蛊，你把相同的毒物关在一起，让它们互相撕咬，最后活下来的那个其实并没有什么变化。但是，如果你把多种不同的毒物放在一起撕咬，最后活下来的那个就是万毒之王。病毒的变异也是如此，当你把多种不同的病毒放在同一个培养皿当中时，这些病毒很有可能会互相影响，最后发生变异，形成新的超级病毒！"

我道："所以汇集五毒，就相当于是在养蛊？王学严要把自己培养成超级病毒？"

罗谦辰道："可以这么理解。另外，按照五毒论来说，王学严是有目标作案的，那么，这就要求他必须能够事先掌握这些目标的精神疾病细节，但是王学严自己是无法掌握的。"

我道："你是说他有帮凶？"

罗谦辰道："什么样的人，能够掌握全市所有精神病患者的诊疗记录？"

我道："精神病医生！他们可以联网查询到市里所有患者的记录！"

罗谦辰道："王学严的主治医生就是养蛊者！"

离开监狱，我立即带队前往逮捕胡先勇，可是却发现此人已经失踪，而他的私家车也不在家中。

我们立即调取小区停车场的监控录像，查询到胡先勇十天前的上午就开车离开了自家住宅，至今未归。

我们调取沿路的监控录像，发现在案发期内，胡先勇的车先后在01号、02号和03号失踪地点所在村落附近公路出现过，而后就消失在了监控盲区的乡道内。

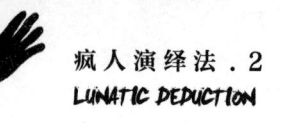

这就更加坐实了罗谦辰所分析的胡先勇就是幕后主使的判断。

就在我们调查胡先勇去向的过程中，04号失踪者出现了。而这名失踪者果真如罗谦辰所推理的那样，妄想自己是一只壁虎。

"妈的！看来真的和那厨子说的一样，王学严的确是在按照五毒的顺序挑选目标！"黄朗道，"我这就立刻联系市里的几家精神病医院，调出联网数据，查查哪位患者妄想自己是一只蟾蜍！"

经过一番检索，我们很快找到了05号患者。

但是，为了避免打草惊蛇，我们并没有声张，而是提前在05号患者住所周围进行了秘密布控。

在04号患者被劫持的三天后，当日下午目标如期出现。

布控范围内，我们看到王学严手持一把斧子出现在了村子里，很快，他闯进了05号患者的家中。

隐蔽处。

黄朗急了："要不要抓人？"

我道："再等等！"

只见两分钟后，王学严用斧子架在05号的脖子上，将他挟持出了住宅。

黄朗道："该动手了！"

我道："不行！钓大鱼，幕后主使胡先勇就在附近，看看他去哪儿！"

我们在隐蔽处悄悄跟踪王学严，只见他挟持着05号拐上了一条山里的乡道，而乡道旁停着一辆车。我们认出车牌，那就是胡先勇的车！

当王学严挟持05号即将抵达那辆车的时候，我用对讲机向各个布控位置的同事高喊道："收网！收网！"

随后,我们一群人一拥而上。

这时,胡先勇立即发动油门,驾车逃离。而王学严显然处在精神病发作的状态,他扬起斧子就要往 05 号的脑袋上砍。

"砰!"

电光火石之间,只听见不远处传来了一声嘹亮的枪响,我们的狙击手开枪了。

子弹精准地命中了王学严的额头,将他当场击毙。

而胡先勇的车,也被我们的同事迅速开车追上去逼停了,随后,他被我们带回市局刑侦支队的审讯室。

审讯室内,胡先勇看上去十分亢奋。我和黄朗隔着审讯桌,与他相对而坐。

胡先勇笑了起来。

黄朗拍了拍桌子道:"你笑什么?"

胡先勇道:"我是在笑,你们竟然能够猜到这一点。"

我道:"你是说五毒?"

胡先勇点了点头道:"我觉得在你们警队背后,一定什么人在指点你们才对,正常人不会想到这一点,只有疯子才会这样思考问题。"

黄朗道:"你少废话!快说,那四个患者现在哪儿?!"

胡先勇道:"我只能告诉你,他们四个现在还活着,至于他们在哪儿,我不会告诉你。"

黄朗起身就要动手:"你找打是吧?"

胡先勇毫无惧色,他看都不看黄朗一眼,凝视着桌面,淡然道:"不见到那个人,我是不会说的。"

我明知故问:"你要见谁?"

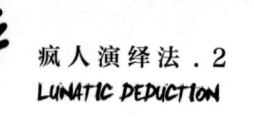

胡先勇道:"在背后指点你们的那个人。"

黄朗道:"没有你说的这个人!你知道你现在犯的什么罪吗?我劝你老实交代,我们的政策是坦白从宽、抗拒从严,你懂吗?"

胡先勇深吸了一口气道:"你说没有,那就是没有吧。反正不见到他,我什么也不会说。"

黄朗怒不可遏:"我……"

我拍了拍他的肩膀,对他道:"我们出去一下。"

随后,我们离开了审讯室。在审讯室外的走廊里,黄朗点了一支烟,也给我点上一支。

黄朗狠狠地吸了一口烟道:"你说这不邪门儿吗?怎么每个疯子都要见那厨子?"

我象征性地抽了一口烟道:"或许这就是共性,罗谦辰能够以疯子的逻辑去思考案情,说明他们在思维上是相通的。"

黄朗冷笑道:"嗬,共性,说得那么玄乎,不就是疯子之间的共同语言吗?"

我耸了耸肩道:"你可以这么理解。我这就去向王局申请,安排他见罗谦辰。"

王国伟局长立即批准了我的申请,并且亲自打电话联系监狱方面安排这次会面。

当天夜里,在监狱的会面室,胡先勇和罗谦辰见面了。二人隔着一张长桌相对而坐,我和黄朗以及十位荷枪实弹的狱警围在四周。

胡先勇得意地笑了起来:"我果然没猜错,这帮警察背后果然有高人相助。只是我没想到,这位高人竟然是一位监下囚。"

罗谦辰面无表情,缓缓道:"如果我没猜错,你认为人的精神就像

第八个案例
精神病毒变异

是病毒一样，是可以相互传播、相互传染的？"

胡先勇道："是的。"

我插话道："人的精神的确可以互相传播、互相传染，这点我们所有人都认同，我们每个人都会受到他们思想的影响。"

胡先勇道："不不不不，陈警官，你没有理解对我们的意思，并不是思想，也不是某种象征性的比喻。我确实认为，人的精神就是一种病毒，就像你打了个喷嚏，就有可能传播流感病毒一样。这二者是等同的。精神，就是一种切实存在的病毒体，而非比喻。"

罗谦辰对胡先勇道："所以，你寻找到了一个目标。王学严就是你的目标，你要将他的精神培养成超级病毒，对吗？"

胡先勇仿佛找到了知音，他看罗谦辰的眼神都变了，语气也变得更加兴奋起来："正是这样，罗先生。王学严很有天赋，他是我所培养的十六个病毒里最有天赋的一个。"

我道："十六个病毒？你的意思是指，你所在的那家精神卫生所里的十六名精神病患者？"

胡先勇向我点了点头道："是的，我培养他们、训练他们，我试图从他们中间找出最佳的人选。直到有一天，王学严率先觉醒了，他用斧子砍死了其他所有的患者，所以，他是最适合被培养为超级病毒的人选。"

罗谦辰道："所以，实际上那家精神卫生所，在你眼里是一座巨大的养蛊场，而那十六名患者全都是你养的蛊虫，是吗？"

胡先勇道："罗先生，你的理解非常正确。"

罗谦辰道："五毒养蛊，是为了将王学严培养成超级病毒。可是现在，王学严已经死了，五毒的最后一毒——蟾蜍也被我们保护了起

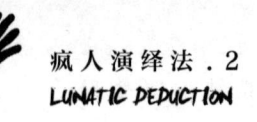

来。你的养蛊计划失败了。"

胡先勇笑了起来，这次的笑声中明显带有嘲讽的意味："罗先生，我还以为你会比在场的其他人更加聪明，看来你也不过就是一个普通的疯子而已。"

罗谦辰听罢，不愠不怒，语气平淡："没错，我只是一个寻常的疯子，需要你这种聪明人的指教。"

胡先勇道："病毒的传播和蛊并不完全相同，病毒是可以传染的。我已经让蜈蚣、蛇、蝎子、壁虎的精神病毒全部传染到了王学严的身上，他是一个汇集四种外来病毒以及他本来的精神病毒为一体的超级传播者。"

我道："可是这位超级传播者，已经被我们击毙了。"

罗谦辰对我道："但这位超级传播者已经接触过05号了。"

胡先勇再一次露出了得意的笑容："没错，全部的病毒已经传染到了蟾蜍身上，五毒已经在其脑内汇集，此刻他的身体就是一个活生生的养蛊场。五毒交会，很快就能够制造出全新的超级病毒！"

黄朗忍不住冲着胡先勇怒吼起来："我们现在没空听你在这里扯淡，你要见的人，我们已经安排你见到了，请你兑现你的承诺，告诉我们那四个患者现在在哪里！"

只见胡先勇耸了耸肩，将身子往后靠了靠说："我也不知道他们现在在哪儿。我已经把他们全部释放了，就像是释放病毒一样。"

我们搜遍了整座城市，暂时没能找到那四名失踪患者的踪迹。

而05号也因为在移送精神病医院的过程中，突然发病袭警，导致该同事遭受重伤昏迷。

05号也因此被我的同事当场击毙。

第八个案例
精神病毒变异

而那名被袭击的同事经过抢救,从昏迷中苏醒过来,他躺在病床上,说自己做了一个非常恐怖的梦。

他梦到自己身处一个巨大的土坑里,无数的蜈蚣、毒蛇、蝎子、壁虎和蟾蜍往他身上爬,撕咬着他的肉体。

出院后,他的精神状况急剧恶化,他说他感觉自己的脑子里有什么东西在变异,到最后他甚至疯狂到差点开枪击杀自己的妻子。

他被送到精神病医院,确诊患上重度精神分裂症,被实施强制看护治疗。

他没有家族遗传精神病史,在此之前精神状况良好,根本没人知道他为什么会突然患病。

就像是被什么突如其来的病毒传染了一样。

圣母的救赎

第九个案例

第九个案例
圣母的救赎

十一月,深秋,万物萧瑟。窗外,满眼的枯枝败叶。天色逐渐暗淡,我独自一人坐在办公室里抽着烟,喝着咖啡,翻阅着往日案件的卷宗。

就在这时,我听到门外传来了黄朗和陈小芸有说有笑的声音。

待陈小芸离开后,我把黄朗叫进了办公室:"老黄,刚才什么情况?"

黄朗不解道:"什么什么情况?"

我道:"我听你刚才在外面和陈小芸有说有笑的,你之前不是不愿意搭理她吗?"

黄朗一下子兴奋起来,在我办公桌前的沙发上坐下,对我道:"正要跟你说这事儿呢,老陈,这小芸妹子,高手啊!"

我一阵云里雾里:"高手?什么高手?噢,你要说验尸技术吗,那她确实是高手。"

黄朗摆了摆手道:"非也!非也!我说的可不是她的验尸技术,而是这个!"他说着,掏出手枪将枪口对准我。

我被吓了一跳:"你给我把枪放下,枪口能乱对着人吗?"

黄朗收了枪道:"我今天在靶场练射击呢,没一会儿陈小芸就来了。那枪法!我们俩较了好一会儿劲,还好,最后我险胜!我和她已

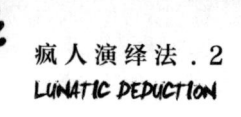

经约好了,以后定期切磋枪法!"

我深吸了一口气道:"那挺好的,不过你也多让着人家姑娘点,别太争强好胜。"

黄朗道:"唉,陈大队长,这我可就不认同了。比枪法,那就是凭实力说话!"

我道:"行行行,以后你多替我跑跑法医鉴定中心解剖室。"

黄朗道:"那不行,要去咱俩得一块儿去。"

就在这时,一阵急促的电话铃声响起,我接起办公桌上座机的听筒,脸色便是陡然一变。

放下听筒后,黄朗问我道:"老陈,什么情况?"

我道:"有新案子了,凶手的作案手法极其残忍!"

半小时后,我和黄朗抵达案发现场。

这是一座老式的公寓楼,一共四层,每层四户。楼外有一个可以容纳二十辆车的露天停车场。

案发现场位于公寓二楼的202室。

当我们赶到时,民警已经封锁了现场,楼下聚集着楼内的居民和附近闻讯赶来的围观群众,以及一些想第一时间捕捉到大新闻的记者。

202室进门便是客厅,由于房屋面积不大,所以并没有独立的饭厅。穿过客厅,顺着走廊往里右手边两间,靠客厅的是厨房,靠里的是卫生间,二者面积都很狭窄。走廊左侧那间是卧室。

一名三十岁的已婚女子被发现死在了客厅的沙发和茶几之间,而报案人正是该名被害女子的老公。

女子名叫黄孟然,是一名家庭主妇,日常收入来源依靠她的老公许立达。

圣母的救赎

许立达今年三十三岁,在一家银行当部门经理。

我们见到他时,他一身居家装扮,神色看上去十分可疑。

我便对他道:"把你今天下班回家发现你妻子尸体的经过,完整地向我叙述一遍。"

许立达道:"我是晚上六点半下的班,下班之后,我给家里打电话,但是没人接。我也没在意,认为是老婆在洗澡或者忙别的,没听见。我开车到楼下的时候,是七点多。我抬头看了一眼,发现家里没开灯。往常这个点家里都会开灯,但当时我还是没往这方面想,就上了楼,打开了家门。我直接穿过客厅,走进卧室,打开了卧室的灯,换下西装,穿上了居家服。当我从卧室出来后,打开了客厅的灯,就看到我老婆浑身赤裸地倒在地上,全是血。然后,我就打电话报了警。"

黄朗道:"不对吧,你发现家里没开灯,进门的第一件事情竟然不是打开客厅的灯,而是摸着黑直接走进了卧室换衣服?"

许立达看上去有些紧张,吞吞吐吐道:"这……这是我的习惯,进门第一件事情就是进卧室换衣服。你也许知道,这职业装穿了一整天,是很难受的。家里环境再熟悉不过了,再说窗外有灯光透进来,不是全黑,我这着急换衣服,当时就懒得开客厅的灯。"

我道:"家里没人你就不怀疑?"

许立达道:"她这时候不在家也很正常,我以为她买菜去了。正常人,谁会往凶杀案这方面想啊?"

我问:"除了你,今天你妻子还接触过什么人?"

许立达道:"我想想……对了,我妻子上午跟我说过,今天下午她闺密会来家里做客。"

黄朗问:"她这个闺密叫什么?"

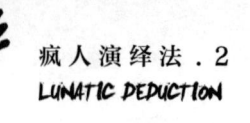

许立达道:"蔡晓月。"

我们立即根据许立达提供的联系方式,找到了蔡晓月。蔡晓月得知自己闺密的死亡感到非常震惊和难过,竟然当场哭得几乎晕厥过去,但我总感觉这像是在演戏,并且演得有些过头了。

待蔡晓月的情绪平复,我向她询问道:"听许立达说,你和黄孟然约好下午在她家中做客?"

蔡晓月抹着眼泪,点了点头道:"嗯,是的,我们昨天晚上电话里约好的,今天我带着新鲜的草莓上门,和她一块儿吃。"

我们在现场的确发现了吃剩的草莓。

我又问蔡晓月:"你还记得你是几点上门,又是几点离去的吗?"

蔡晓月道:"差不多是……下午一点多,我们俩吃草莓、聊天,一直到下午三点左右。她穿着拖鞋送我到楼下停车场。我上了车,看着她回到楼内,上了楼梯,我就开车走了。"

我问:"你的车什么型号?牌照多少?"

蔡晓月紧张道:"警官,你、你不会是怀疑我吧?"

我道:"只是例行调查,请你理解并配合。"

蔡晓月道:"车型是黑色奥迪 A6,车牌号是××××××。"

我道:"下午一点到三点,这两小时之间,你有发现什么异常没?"

"异常?……"蔡晓月想了想,然后说,"其实也没什么太大的异常,如果硬要说的话……大概是在两点半的时候,黄孟然注意到楼下停车场停了一辆陌生的红色别克,车的驾驶室坐着一个人,但是完全看不清那人长相,连是男还是女都不知道。这辆车挂着外地车牌,黄孟然说这停车场很少有外地车出现。"

随后,黄朗完成了对现场的勘查,以及对同楼栋住户的走访,他向我汇报说："现场的情况是这样的，没有发现任何搏斗痕迹。死者的双手被人用黑色的尼龙绳反绑着，腹部有被纵向剖开而后缝合的痕迹，最关键在于死者的小腹明显隆起，如怀孕六个月大小，而许立达则称黄孟然是没有怀孕的。"

没有怀孕这点，我也向蔡晓月得到了证实。

黄朗继续道："由于这幢公寓楼建成于二十世纪八十年代，配套设施非常陈旧，大楼和停车场以及周边没有摄像头，这里也没有物业管理人员，更没有保安，停车场也处在免费开放停靠的状态，无人看守。所以，想要通过这些途径获得凶手身份的希望是很渺茫的。我走访了楼内的其他住户，有一名男性住户反馈，他下午三点十分上楼的时候，看到一个中等身材的男性从二楼跑了下去，而后穿过了停车场，向北消失了。但他并没有看清那个男子的具体相貌，只看到一个穿黑色夹克衫的背影。下午三点二十分，住在一楼的一名女性住户反馈，当时她听到自家门锁被人从外面转动的声音，然后外面有人摁了门铃。她把门挂上安全锁链，半开了门，就看到门外站着一个个头不怎么高的年轻男子，那男子开口便问这是不是罗先生家，但整栋楼都没有姓罗的。那男的得知不是，就走了。目前得到的情况就是这些。"

次日上午，市局法医鉴定中心，我和黄朗一道来到法医学解剖室门口。陈小芸见到我们，向我们迎了上来，微笑着说："陈队，黄队，你们来啦？"

黄朗见到陈小芸，便难掩兴奋之情："小芸妹子，咱什么时候继续PK枪法啊？"

陈小芸却未理会黄朗，只是转过身将一份尸检报告抽出来递给

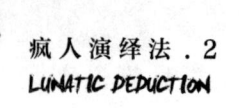

我:"陈队,这是黄孟然的尸检报告,你看看。"

黄朗见自己被无视,立马追话道:"唉,小芸妹子,咱……"

陈小芸依旧没搭理他,只是转身朝解剖台走去:"我来给你们介绍一下尸体的情况吧。"她说着,将白布撩开,露出了黄孟然的遗体。

我和黄朗走到解剖台前。

此时黄孟然已经被解剖,旁边放着一个血肉模糊的小胎儿。

黄朗捂着口鼻道:"天哪,这凶手也太残忍了!"

陈小芸冷笑一声:"那也比不过某人一拳把我打翻在地,连个道歉都没有残忍啊。"

黄朗道:"唉,我说小芸妹子,咱上回比试枪法的时候,不是已经冰释前嫌了吗?"

陈小芸没有理会他,开始介绍尸体情况:"死者黄孟然,性别女,生理年龄三十岁,身高一米五八。死因是由于遭到利刃从下至上纵向剖腹失血过多而死。切痕长达三十五厘米,从下体往上,纵向穿过肚脐眼儿,将整个腹部完全剖开。而后,凶手将一个五个月大的女性胎儿塞进了死者的子宫,再用手术缝合用的线将切口缝合。未发现性侵痕迹。"

我疑惑道:"五个月大的胎儿?"

陈小芸道:"没错!这不符合人体正常妊娠生育规律,也不符合早产的规律,五个月大的胎儿,只有可能是人工引产所导致的。"

黄朗道:"从现场所发现的血液痕迹来看,凶手在对黄孟然进行剖腹的时候,她还活着对吗?"

陈小芸点了点头道:"是的。我在死者的体内提取到了迷药,黄孟然是在被迷药迷晕之后,被凶手持刀活体剖腹的。凶手之所以用尼龙绳将死者反手绑住,猜测是凶手害怕剖腹中途,黄孟然会醒来。"

黄朗道:"这个变态实在太残忍了!"

我问陈小芸道:"死亡时间呢?"

陈小芸道:"根据死者胃囊内草莓的消化情况以及尸僵情况可以判断出,死者的死亡时间是在昨天下午的三点到五点。"

我又问:"胎儿的死亡时间呢?"

陈小芸道:"胎儿的身体经历过至少零下十八摄氏度的长期冷冻,由于冷冻导致无法明确判断其死亡时间。但推测,其死亡应该超过五年以上。"

随后,物证及痕迹检验中心的同事告诉我们,犯罪现场没有提取到可疑指纹和可疑足印,也没有发现凶器,水槽内提取到了血迹,但全都是死者的,猜测凶手应该是在水槽前清洗过凶器上的血液。

离开检验中心,我和黄朗一边走,一边探讨着案情。

黄朗道:"黄孟然是昨天下午三点到五点之间死亡的,根据她闺密蔡晓月的证词,她是三点离开黄孟然家的,黄孟然亲自送她到楼下停车场然后回了家。如果蔡晓月的证言属实,那么凶手就在她离开后不久,进入黄孟然家中实施犯罪的。"

我点了点头道:"我让交警那边调取了道路监控,在黄孟然家一公里外的一个路口,拍摄到了蔡晓月的车辆经过的画面。第一次经过,是往黄孟然家方向,是中午十二点四十九分。第二次经过是离开黄孟然家方向,是在下午三点十二分。不过,这并不能完全表明,当时开车离开的就是蔡晓月,还需要更多证据去排除她的嫌疑。"

黄朗道:"家中没有搏斗痕迹,也没有强行闯入的痕迹,黄孟然很有可能认识凶手。"

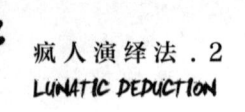

我道:"是的,我也怀疑是熟人作案。至于其他目击者所反馈的情况,应该与本案没有太大关系。例如那个被目击到从公寓二楼离开的男子,时间是下午三点十分,其根本不具备足够作案时间。那个三点二十分企图开门并且按门铃的男子,已经被附近派出所民警抓获,证实只是一个小偷,他按门铃就是想试探家里有没有人。至于蔡晓月所说的那辆红色的外地轿车,我们正在进行调查,但应该也与本案关系不大。"

这时,我们回到了刑侦支队所在的办公区域,黄朗跟着我进了我的办公室。我才刚坐下,他就将门关上,神秘兮兮地对我道:"老陈,先不聊案子了,你帮我分析分析。"

我道:"又分析什么?"

黄朗道:"你说这陈小芸今天是怎么回事?上回还跟我有说有笑的,今天怎么态度如此冷漠?"

我感到一阵无语:"就这事儿?"

黄朗道:"对呀,你快帮我分析分析。"

我深吸了一口气道:"首先,那里是法医鉴定中心的法医学解剖室,陈小芸刚刚完成全部验尸工作,得出验尸报告,你一进去就说要跟人 PK 枪法,你觉得人家会理你吗?"

黄朗道:"这有什么啊?同事之间比试射击技术,总不违反条例吧?"

我道:"这是不违反条例,但人家会认为你这是对她法医工作的极大不尊重。还有,人姑娘已经暗示得很明显了,你上次一拳把她打倒,还没给人家道歉呢。"

黄朗急了:"我给她道歉?我给她道什么歉?是她非拉着我要跟我比试拳脚,合着输了还得赢家给她道歉?这是什么道理?我看她就是阴阳怪气,爱咋咋的吧!"

就在这时,办公室的门被敲响了。

我道:"请进。"

一名警员推门进来说:"陈队,黄队,刚才接到报案,又有一名死者出现了!"

我们立即出警赶往案发现场。

案发现场位于一座城中村的出租屋内,这座城中村非常杂乱,能够阻碍视线的障碍物非常多,没有安装摄像头,并且日常流动人员非常庞杂,有搞推销的,有发小广告的,有外来务工的,有流浪汉,有拾荒者……一走进这里,我便感受到了办案的困难程度。

死者被发现的那间出租屋,是一种半地下结构,有半扇窗户位于地上,窗户外封着铁栅栏。

报案人是隔壁邻居,他们闻到了从那半扇窗内溢出的腐臭味,于是报了警。

我们敲门,门内无人回应,于是强行破门而入。

一股死老鼠一般的恶臭扑面而来,我们看到逼仄的空间内,一个浑身赤裸已经出现巨人观的高度腐败的女性尸体躺在地板上,周围的血液已经干涸成了黑红色。

我们立即将这具尸体送到了法医鉴定中心。

当天晚上,陈小芸得出了验尸结果:"死者性别女性,生理年龄二十六岁,身高一米六,尸体呈现高度腐败的尸斑现象。目前是深秋,一般春秋季节尸体从死亡到开始出现巨人观,需要三到七天,从尸体其他的尸象来看,可以综合判断出死者已经死亡十日。死者的死因同样是由于被人下了迷药,而后在昏迷状态下被人从下体向上纵向切割

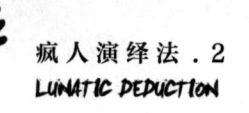

长达三十三厘米,剖腹;而后将一名接近五个月大的男性胎儿塞进了死者子宫,又用手术线缝合伤口;未发现性侵痕迹。胎儿同样经历过长时间的低于零下十八摄氏度的冷冻,无法判断出具体死亡时间。"

而根据我和黄朗在现场调查的结果,案发现场未发现可疑指纹,也没有搏斗痕迹。经过走访,也未发现任何目击证人。

这名死者的身份很快被确认。

死者名叫欧阳兰,外来人员,没有正式职业,靠打零工维生。

就目前的情形来看,欧阳兰的死亡时间是十天前,也就是说第一个被我们发现的死者黄孟然并不是第一被害人。

也许,这十天内还有别的受害人遇害,只是尸体并没有被发现。从两起案件作案手法的一致性上,我们完全可以判断这是一起由同一凶手所为的连环变态杀人案。

我立即向王局申请,进入监狱请教罗谦辰。

次日上午,我来到监狱,见到罗谦辰,他在看完我提供的全部案卷材料之后,问了我一个问题:"两名死者,做过引产吗?"

我道:"验尸报告里没写。"

罗谦辰道:"那你最好问一下你们法医,两名死者是否曾经做过引产。"

我道:"好的,我记下来了,回去就问。还有别的吗?"

罗谦辰道:"我建议,将两名死者腹中发现的死胎,和她们进行定向的 DNA 比对。"

我道:"为什么要这么做?难道你怀疑死者腹中发现的胎儿,就是死者孕育出来的?可是你知道,那两个胎儿是凶手杀害死者之后,剖腹塞进子宫的,两名死者都没有怀孕。"

罗谦辰道:"照我说的做就是了,如果匹配,就证明了我的猜测。"

我道:"请说出你的猜测。"

罗谦辰道:"我需要证据,你做完这一切,我会告诉你的。"

回到市局后,我立即前往法医鉴定中心找到陈小芸,向她询问:"问你一个问题,两名死者生前是否做过引产?"

陈小芸道:"根据死者宫颈的器质性变化情况,两人的确很有可能是做过类似引产之类的手术的,但二者的宫颈已经恢复得很好了,引产手术即便做过,也起码是很多年前的事情了。这和本案完全无关,所以我并没有写进验尸报告里。"

我又问:"比对过胎儿和死者的 DNA 吗?"

陈小芸皱了皱眉:"有这个必要吗?"

我道:"有!"

随后,陈小芸在我的安排下,让痕迹检验中心的同事给黄孟然和她体内找到的女胎,以及欧阳兰和她体内找到的男胎分别进行了 DNA 比对,最终结果是均不匹配,无血缘关系。

做过引产,罗谦辰对了。

但是,两名死者各自体内发现的胎儿,与死者本身并无血缘关系。在这一点上,罗谦辰的判断出现了失误。

虽然不知道他的猜测究竟是什么,但由于这一点的错误,可以得出他的总体猜测也一定是错误的。

就在我的思绪陷入僵局当中时,第三名死者出现了!

这名死者和之前的不同,之前两名死者的死亡地点全都是在其住所,而第三名死者是在一座烂尾楼内被发现的。

报案人是一名拾荒者。

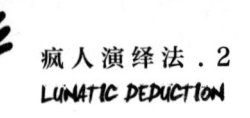

就在今天下午五点，这名拾荒者进入这座烂尾楼捡垃圾，却意外地发现了位于楼内的女性尸体，于是立马跑向附近的派出所报了案。

我和黄朗赶到现场时，附近的围观群众已经把烂尾楼围了个里三层、外三层。

"让开让开，都给我让开，别妨碍警方办案！"

黄朗很快在群众中开出了一条道，我跟着他，来到了烂尾楼跟前，亮出警官证，穿越警戒带，进入案发现场。

烂尾楼内，一阵阴冷的风裹挟着尸体的死亡气息席卷而来，令人一阵发凉。

位于烂尾楼一楼深处的一个隔间内，一个女人躺在那里，尸体腐败还并不严重，看上去死亡时间并不长。她浑身赤裸，衣服杂乱地散落一旁。

地上满是血迹。

她的腹部隆起，如同怀孕，纵向的缝合痕迹十分明显。

死者身份很快得到确认。

死者名叫鞠春雪，本地人，在一家超市上班。每晚十点下班之后，这座烂尾楼外的空地正是她回家的必经之路。

深夜十一点半，陈小芸给出验尸结果："死者性别女，生理年龄三十五岁，身高一米五九，尸体并未出现巨人观，根据尸斑和尸僵可以推测出，死者的死亡时间是在昨天深夜的十点到凌晨零点之间。和之前不同的是，这次死者是被乙醚类口鼻吸入性迷药迷晕，而非之前的水溶性吞服类药物，可见凶手当时提前进行了埋伏，对死者进行了偷袭，用裹有乙醚的布料强行捂住死者口鼻，导致其昏迷。死者的口鼻处也检查到了遭受外力摩擦而产生的皮肤破损。死者的死因是被利刃从下至上剖腹失血过多而死，伤口长度为三十四厘米。凶手将一名四个月大的女性死胎塞入死者子宫后，用手术线将伤口彻底缝合。无性侵痕迹。胎儿同样遭受过长期的低于零下十八摄氏度的冷冻，无法判断出具体死亡时间。另外，死者同样具备多年前引产的痕迹。"

从死亡时间来看，第三名死者的死亡属于凶手的全新作案。也就是说，这个连环杀手还在持续作案中。

不得已之下，我再一次来到监狱，请教罗谦辰。

我向他提出了那个疑问："之前你说过，两名胎儿的 DNA 会被检测出与两名死者分别存在血缘关系，但结果却是没有。如今，第三名死者也出现了。这名死者，我也让同事比对了她和她腹中死胎的 DNA，证明二者同样没有血缘关系。"

罗谦辰听罢，沉思了片刻，而后道："你尝试过逐一比对吗？"

我不解道："逐一比对？"

罗谦辰道："将每一名胎儿的 DNA，分别和三名死者进行逐一比对。也就是说，每一个胎儿都要分别和三名死者共进行三次 DNA 比对。"

我道："我还是不明白为什么要这么做，这属于浪费资源的行为。"

罗谦辰道："死者腹中的胎儿全都经过很多年的冷冻，对吗？而这三名死者，分别在很多年前做过引产手术，我怀疑……"

我道："你怀疑她们腹中的死胎，就是当年她们做引产手术打掉的胎儿？"

罗谦辰道："是的！"

我道："可是……DNA 对不上。"

罗谦辰道："也许这么多年过去，凶手也不记得这些胎儿和谁匹配，但他出于某种目的，一定要完成将胎儿塞回母体的行为，可胎儿

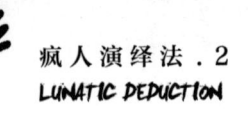

的顺序被打乱了。你明白我的意思吗？"

我道："如果你的推理是正确的，那么，能够知道她们做过引产手术的，就只有当年负责给她们引产的医生，因为引产手术的患者资料都是保密的。"

罗谦辰道："没错，她们多年前很有可能在同一个医生那里做过引产手术，而那名医生就有很大概率是本案的真凶！"

我立即电话联系陈小芸，按照罗谦辰的说法，进行DNA逐一比对。最终确定，从黄孟然体内取出的胎儿，和欧阳兰匹配为亲子关系；从欧阳兰体内取出的胎儿，和鞠春雪匹配为亲子关系；从鞠春雪体内取出的胎儿，和黄孟然匹配为亲子关系。

果然如罗谦辰所料，凶手只是弄错了匹配顺序而已。

我们立即展开调查，通过医疗系统，查询到十年前黄孟然、欧阳兰和鞠春雪三人，全都在我市一家妇产科医院做过引产手术，而当时负责给她们引产的医生是同一人，名叫何翔，今年四十二岁，五年前就已经离开那家医院，自己开了一个小诊所。

当晚，我们出动警力，在何翔家中将其逮捕。

审讯室内，何翔看上去很紧张，不停地用手推着自己的眼镜，防止其顺着汗从鼻梁往下滑。

我和黄朗坐在他对面，开始了对他的审讯。

黄朗率先开始例行发问："姓名？！"

何翔答："何……何翔。"

黄朗问："年龄？！"

何翔答："四十二岁。"

黄朗问："职业？！"

第九个案例
圣母的救赎

何翔答:"妇科医生。"

黄朗道:"知道我们为什么抓你吗?"

何翔吓得直哆嗦:"知……知道。"

黄朗将双臂抱胸:"那你说说看,我们为什么抓你?"

何翔道:"因为我诊所用假药的事情……但是,我也不知道那是假药,我也是被人骗了,我也是受害者啊!"

我和黄朗互相看了看,然后我对何翔道:"你给病人开假药的事情,我们之后再谈,但这次抓你不是因为这件事。"

何翔抬起头,一脸疑惑。

我向他亮出三名被害者的照片:"这三个人,你认识吗?"

何翔仔细地看了看照片,然后说:"好像见过,但是没什么印象了,也好像不认识。"

我道:"十年前,你曾经给这三个人做过引产手术,她们分别叫黄孟然、欧阳兰、鞠春雪。你对这三个名字,还有印象吗?"

何翔点了点头道:"有、有点印象了。"

我道:"现在她们三个人死了,凶手剖开了她们的腹部,然后将当年她们引产打掉的胎儿塞回了她们的子宫里。你对此是否知情?"

何翔道:"我、我看到新闻了。"

我道:"我们现在怀疑你和本案有关,甚至你就是本案的凶手。"

何翔面露惊恐之色,慌里慌张地为自己辩白:"我不是,我不是,我只是在新闻里看到这个案子,我可和这案子一点关系都没有啊!"

黄朗猛拍桌子:"你还敢嘴硬?!如果不是你,请问谁能够将那三个胎儿的尸体冷冻起来?谁能够搞到被你引产过的顾客的信息?"

何翔面色发白,过了好一会儿,他终于开口道:"还有一个人,还

有一个人！"

黄朗问："说，是谁？"

何翔道："曹欣蕊。"

我问："曹欣蕊是谁？"

何翔道："十年前她是我的护士，但她很奇怪，在我这里和我一起做过四个引产手术之后，就离职了。前三个，好像就是你们说的这三个人。她说引产让她有罪恶感，而且那些引产出来的胎儿，我当时是让她负责按程序去处理的。"

黄朗问："这个曹欣蕊现在在哪里？"

何翔道："我不知道，十年没联系过了。"

我问："她接触过的第四个接受引产的女人是谁？"

何翔道："我也不太记得了，你们可以去那家妇产科医院查询。"

我们同时开始做两件事情，一件事，在电脑内搜索曹欣蕊的名字，再根据何翔提供的年龄信息去锁定范围，而后让何翔辨认照片，成功锁定了我们要找的那个曹欣蕊。

另一方面，我们派人到那家妇产科医院查询十年前何翔和曹欣蕊一起经手过的引产手术记录，果然找到了曹欣蕊接触的那四台引产手术的患者信息。

在这四人当中，的确出现了黄孟然、欧阳兰和鞠春雪的名字，而第四个是一个叫沈园的女人。

我们根据她挂号时登记的身份证号，很快在电脑中查出了她全部的个人登记资料信息。随后，我们按照她在办理二代身份证时预留的手机号给她打去电话，却无人接听。

我和黄朗兵分两路，我带队直奔沈园家，而黄朗带队，直奔曹欣蕊家。

我们来到沈园家,敲门无人回应,但是透过窗户,能够看到屋内似乎有一个人躺在地板上。

于是我们立马破门而入,便看到幽暗中,一个浑身赤裸的女人仰面躺在地上,她的腹部隆起,有被切开后缝合的痕迹。

我立马冲上去,探了探女人的呼吸和脉搏,扭头呼喊道:"快叫救护车,人还活着!人还活着!"

十分钟后,救护车赶到,将沈园送到了医院,随后,沈园被推进了急救室。

而另一头,黄朗也传来了好消息:"抓到曹欣蕊了。"

我道:"这么顺利?"

黄朗道:"哎呀,就是守株待兔,我们到了她家,发现家里没人,于是就在附近找地方埋伏起来,结果还真的被我们给蹲到了,曹欣蕊一出现,我们就一拥而上,将其拿下了!"

沈园还在医院接受抢救,我立马赶回局里,在支队的审讯室里,和黄朗一起开启了对曹欣蕊的连夜审讯工作。

曹欣蕊看上去很冷静,开口道:"首先,我必须得承认,这一切都是我干的。"

我问:"说一下你的作案过程。"

曹欣蕊道:"很简单,我曾经是她们做引产手术的护士,所以,尽管过了许多年,提起来她们还是认识我的。所以,当我进入黄孟然和欧阳兰家里的时候,她们是把我当客人对待的,对我没什么防备。至于鞠春雪,我摸清了她下班的路线,就在那片废弃工地对她动手了,直接用乙醚捂住她的口鼻,把她弄晕,拖进烂尾楼后,直接剖腹……

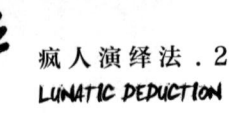

沈园也是一样的。"

我问："你为什么要这么做？"

曹欣蕊道："说来你们一定不理解，我是为了赎罪。"

黄朗嘲笑道："赎罪？你管杀人剖腹叫赎罪？你对'赎罪'这两个字是有什么理解上的偏差吗？"

曹欣蕊道："十年前，我曾经协助医生，负责过这四个女人的引产工作。我看着那幼小的生命从她们的身体里被完整地引产出来的时候，感觉到那就是在杀人，而我是在协助杀人。"

我道："从医学、法学和伦理学来讲，流产和引产手术并不能称作杀人。"

曹欣蕊道："阻止生命的诞生，就是杀人！所谓的伦理学，只不过是你们人类为了将这种杀人合法化而找的冠冕堂皇的借口！"

黄朗又笑了："嚓，我们人类？说得好像你不是人类一样。"

曹欣蕊露出了蔑视一切的表情，她用高傲的语气回应黄朗道："我的确不是人类，我是圣母！"

黄朗道："那我还是第一次见到杀人的圣母。"

曹欣蕊道："我说了，我不是在杀人，是在帮助她们赎罪，同时也是帮助我自己完成救赎。那四个孩子，原本就是应该诞生于这个世界上的完整生命，但是她们却选择了扼杀生命！我替她们保管她们的孩子十年，现在我必须还回去，让孩子们回到母亲的母体当中，完成生命的诞生！"

黄朗道："你扯什么淡？难不成那几个死掉的胎儿，还能在母体里复活了不成？"

我对曹欣蕊道："可那三个孩子并没有复活，你反而害死了那三个

第九个案例
圣母的救赎

女人,而第四个受害者还在医院接受抢救。"

曹欣蕊苦笑起来:"前三个是我的失误,十年过去了,我忘记了那几个孩子谁是谁的了,所以,匹配错了母亲。错误的母体,自然只能导致死亡的结局。"

我道:"你的这种行为,心理学上很好解释,你这就类似于一种代偿心理,可能并不准确,但却很类似。你认为曾经协助引产是一种罪,你就给自己设定了一个目标,来偿还这种心理障碍,你觉得必须做点什么来赎罪,以弥补这种缺陷,于是你想到将这些引产下来的胎儿冷冻起来,多年以后让他们回归母体,以完成这种心理救赎。但是,这种回归意味着杀人,杀人就是罪孽。为了将这种杀人合理化,你给自己假设了一个圣母的身份,你认为自己让这些本来已经被扼杀的生命在母体中重获新生,于是这种杀人就变成了一种拯救生命的行为。这就是你所谓的圣母的救赎?"

曹欣蕊面无表情道:"我就是圣母,我是在救赎生命。"

我义正词严道:"如果你是圣母,你就应该明白女性自主选择人工流产和引产是无罪的,女性有选择是否生育的权利!这种权利谁都无权干涉!哪怕你是圣母,哪怕你是上帝,你都无权干涉!"

她不说话。

我又问:"为什么选择在十年后的今天动手?"

曹欣蕊道:"因为我不能再等下去了,我得了癌症。我即将进入天堂,面见上帝,所以在此之前,我需要完成自我的赎罪。"

次日上午,沈园经过抢救,已经转危为安。我在医院和从外地出差赶回来的沈园的老公刘先生一起等到了这个好消息。

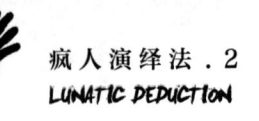

医生对刘先生说:"恭喜你,大的和小的都保住了,现在大人生命体征正常稳定,子宫里的两个胎儿也状况良好。"

可是,刘先生却眉头紧蹙地问医生道:"医生,你刚才说两个胎儿?"

医生道:"对呀,两个四个月大的胎儿,都在正常发育,不用担心。"

刘先生道:"你确定是双胞胎吗?"

医生点了点头道:"怎么啦,双胞胎你还不高兴啊?很多人求都求不来呢!"

刘先生道:"不是,医生,是不是搞错了?一个月前我带沈园做过产检,当时检查显示是单胎。"

医生道:"放心,我不会弄错的,就是双胞胎,之前产检一定不准确,给弄错了。"

我立马问医生道:"医生,你有没有从沈园的子宫里取出一个死胎,差不多也是四个月大,被冷冻过?"

医生一脸疑惑地看着我:"死胎?你可别瞎说,两个胎儿都在妈妈肚子里活得好好的呢。"

医生说罢,便快步走开了。

而刘先生则沉浸在妻子幸存以及收获双胞胎的喜悦中。

只有我站在原地,回想着"圣母"的话,不禁陷入无限的疑惑和恐慌当中。

"她肚子里的另一个孩子,到底是怎么回事?"

我默默地向自己问出了这句话,便不敢再继续思考下去。

鸢尾花的复仇

第十个案例

第十个案例
鸢尾花的复仇

十二月,入冬,天气变得格外寒冷。今年的冬天和去年不同,雪并没有在季节之初纷纷扬扬而下,正因如此,在失去了白雪掩盖的城市里,罪恶的肮脏相比上一个初冬暴露得更加明显。

那天清晨,我和黄朗赶到案发现场。

案发现场是一片荒地,枯黄的杂草半人多高,一个下半身赤裸的女人躺在这片似乎已经死去的野草中央。

我和黄朗的第一反应很直接,这是一起强奸杀人案。

女人看上去二十二三岁的样子,头发披散在地,一片凌乱。她的外套被脱掉,扔在一旁,毛衣和内衣向上卷起,胸罩也被撕扯开。下半身的裤子从外到里,被完全脱掉。

女人的脖子上有勒痕,她是被人勒死的。

现场并没有发现勒死她的凶器,但黄朗在尸体不远处的草丛里发现了一个空水瓶,水瓶的瓶口是敞开的,里面还残留着水珠。

黄朗说:"老陈,你看,这瓶子里残留的水珠都没干,瓶口是开着的,这半个月没下雨了,瓶子内壁上的水珠没干,说明是刚喝光扔到这儿不久的,很有可能就是凶手扔的。"

我点了点头,让同事将水瓶装进了物证袋里。

尸体被送往市局法医鉴定中心。

下午的时候，验尸报告出来了，我和黄朗来到法医鉴定中心法医学解剖室。

黄朗一见到陈小芸便道："哎呀，小芸妹子，上次是我不对。"

陈小芸一边整理验尸报告，一边瞥了他一眼道："黄副队长，您哪儿不对了？"

黄朗看了看我，我给他使了个眼色，示意他照我说的办。随后，他便道："哎呀，我、我哪儿也不对！"

陈小芸漫不经心道："哪儿也不对？我们的黄大警官破案无数，屡立战功，不是处处都对吗？怎么这会儿哪也不对了？难不成那些犯人都抓错了？那些案子都是冤案？"

黄朗急了："我说陈小芸，你说话负点责任啊，我今天诚心诚意来道歉，你要是这态度，我跟你说我……"

我拍了拍黄朗的肩膀道："行了老黄，你先出去吧，我一会儿跟你阐述验尸结果。"

随后，黄朗离去，我对陈小芸说："哎呀，小芸，老黄这个人他……"

陈小芸打断我，将验尸报告递到我手里对我道："死者，性别女，生理年龄二十二岁，身高一米六。死因，机械性暴力作用引起的呼吸障碍所导致的窒息。根据死者颈部勒痕来看，凶器是一根尼龙绳。死者死前遭受性侵，阴道有明显的扩张痕迹，甚至有损伤，可见属于暴力性侵。值得注意的是，死者的阴道被人为用水清洗过，尽管经过清洗，但似乎并不完全彻底，我还是在死者阴道内壁提取到了精斑。物证及痕迹检验中心那边的同事已经得出精斑的DNA结果了，你稍后过去取。噢，对了，死者的死亡时间，是在昨天晚上的十点到十一点。

我还在死者的胃里提取到了一朵紫色鸢尾花，显然是凶手强迫死者吞下的。"

随后，我去了物证及痕迹检验中心，痕迹检验师告诉我说："精斑的 DNA 已经提取出来，但是在现存的 DNA 数据库中，并未检索到匹配身份。在水瓶的外壁上并未提取到有效指纹，水瓶用湿毛巾反复擦拭过，将指纹证据抹去了。"

我道："也可能凶手戴了手套。"

痕迹检验师道："凶手戴了手套的确没错，但水瓶应该在戴手套之前就处理过，凶手很有可能在无手套状态下接触过水瓶，所以才会这么做。之所以得到这样的结论，是因为一个水瓶从出厂到销售，再到个人饮用，这个过程中会经手很多人，也势必会留下很多人的指纹，一片有效指纹都没有，只能说明水瓶被刻意清洗过。"

我道："可见凶手具备很强的反侦查能力。"

痕迹检验师道："我在水瓶的瓶口提取到了来自女性阴道的分泌物，经过提取 DNA 比对，确定和死者匹配。"

我道："也就是说，凶手当时就是用水瓶里的水对死者阴道内的精液进行清洗，试图毁灭证据。"

通过指纹，死者身份很快被我们调查清楚。

死者名叫蔡美嘉，高中学历，十八岁高中毕业后，高考落榜的她并未复读，长期混迹于社会闲散人员之间，十九岁和二十一岁时分别有一次因为在夜店打架斗殴被派出所拘留的记录。其父母对其持放任自流的态度，早已疏于对其管教。

我们对蔡美嘉生前所混迹的圈子进行了逐一排查，并且比对了每一个人的 DNA，但是并未发现匹配的可疑人员。

就在这个过程中，又一名受害者出现了。

在上一名受害者死亡五天后的上午八点，我和黄朗赶到了案发现场。案发现场位于一片树林当中，同样是一个女孩躺在树林的正中央，她的上衣被卷起，下半身全部赤裸，颈部有勒痕。

尸体被送到了市局法医鉴定中心。

当天下午晚些时候，我独自一人来到法医学解剖室，陈小芸向我介绍了尸体情况："死者，性别女，生理年龄二十二岁，身高一米六二。死因，机械性暴力作用引起的呼吸障碍所导致的窒息。凶器，尼龙绳。阴道有扩张和损伤，属于暴力性侵。阴道同样被凶手清洗过，但是提取到了精斑，精斑DNA与上一名被害人身体上提取的精斑一致。在死者胃囊内同样提取到了一朵紫色鸢尾花。死者死亡时间为昨晚的十点到十一点。"

一模一样！无论是作案手法、作案凶器还是作案时间以及DNA，全都一模一样！

完全可以判定两起恶性奸杀案是同一凶手所为！

死者身份很快得到确定。

死者名叫胡月，高中学历，十八岁高中毕业后，高考落榜未复读，长期混迹于社会闲散人员之间。值得注意的是，她曾和第一名被害人蔡美嘉有过密切交集。

黄朗的第一反应便是："两名死者有过交集，说明凶手并不是无差别作案，很有可能凶手就是两名死者认识的人！这是一起熟人作案！"

我也非常认同黄朗的观点，但是，我依旧觉得有必要去请教一下罗谦辰。

于是当天晚上，我独自一人来到监狱见罗谦辰。没想到今天的罗

第十个案例
鸢尾花的复仇

谦辰看上去格外疲倦，一副无精打采的样子。

我便问他道："怎么了，看上去没怎么休息好？"

罗谦辰道："这两天刚好在研究杨·米尔斯理论。"

我没听懂："什么？"

罗谦辰道："一种量子物理相关的理论。"

我道："这么深奥的理论，难怪你研究得如此疲倦。"

罗谦辰漫不经心道："倒不是因为这个，我只是觉得人类一直在费尽心思研究这个宇宙的真相，可是宇宙似乎并没有给我们留下真相，因为宇宙本身就是一个骗局。"

我微微一笑道："你知道，我不是来和你探讨量子物理的。"

随后，我把本案的卷宗递给了罗谦辰。

罗谦辰看完卷宗后，对我说："首先，你们一定认为这个案子的凶手和两名被害人认识，对吗？"

我道："是的，我们分析是熟人作案。"

罗谦辰道："你们判断的依据是两名死者是熟人，但我认为这并不能表明凶手一定和她们认识，也许凶手只是掌握了两名死者的交际信息。"

我点了点头道："的确有这个可能。"

罗谦辰道："凶手为什么要用尼龙绳杀死两名死者？"

我道："因为凶手要让被害人窒息身亡。"

罗谦辰道："为什么不直接用手呢？你在户外强奸完一个女人，明明直接用手就能将这个女人掐死，为什么还要特地用尼龙绳？这样难道不会更加麻烦吗？"

我道："你是说，凶手没有能力用手掐死被害人？"

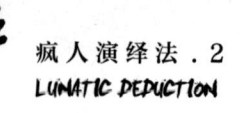

疯人演绎法.2
LUNATIC DEDUCTION

罗谦辰道："有这种可能性，但可能性不大。既然凶手具备强奸被害人的能力，那么，他就绝对具备亲手掐死被害人的能力。我认为凶手两次都用相同的工具杀死死者，并且强迫死者吞下紫色鸢尾花，那么，尼龙绳和鸢尾花这二者对于凶手来说，一定具备什么特别的含义。还有，两名死者的死亡时间都是在晚上的十点到十一点，这个时间段也一定是具备含义的，我推测第三名死者的死亡时间段也会与此一致。"

我问："那请问是什么含义呢？"

罗谦辰像是要说出什么，但又咽了回去，过了一会儿，他摇了摇头道："我不知道，等你抓住凶手就知道了。"

次日上午，第三名被害人出现了。

被害人姓名周佳佳，年龄二十二岁，被以相同的方式奸杀致死，胃内发现紫色鸢尾花，阴道内提取的精斑DNA与前两位死者体内提取到的完全匹配。

虽然这三个案发地点均为监控盲区，但这次凶手百密一疏，我们在现场发现的空水瓶上发现了几枚可疑指纹，其中就有一枚大拇指指纹。

我们将这枚指纹输入数据库中进行比对，很快就匹配到了指纹身份。

此人身份信息为：姓名，李家爵；性别，男；年龄，二十四岁；高中学历，从十八岁开始，就一直在某家餐饮连锁集团下做外卖员。

我们立即调查到了李家爵所在的出租屋，并且率队前往。

当天晚上，当我和黄朗来到李家爵出租屋门口的时候，刚好看到一个年轻男子上楼，当他抬头看向我们的时候，转身拔腿便跑。

第十个案例
鸢尾花的复仇

"是李家爵!"黄朗大喝一声,"追!"

我们立马追了上去。

黄朗跑得飞快,在一个巷口,他一个飞毛腿上去,将李家爵踹翻在地,继而一个擒拿手,将李家爵戴上了手铐。

"挺能跑是吧?我看你小子还跑,我看你小子还跑!"黄朗一边喘气,一边用拳头捶击着李家爵的胸口。

我冲上去一把将他拉开:"行啦,你待会儿得把人家给打死了。"

黄朗扭头对我道:"这种强奸犯,就是该打!"

随后,李家爵被我们带回了局里。

审讯室里,李家爵鼻青脸肿的,看上去怯生生的,丝毫不像变态奸杀狂。

我和黄朗负责对他的审讯工作。

黄朗对他道:"怎么,打得你很疼啊?要不要去举报我啊?"

李家爵浑身发抖:"我、我错了,我错了,警官。"

黄朗道:"你这是承认你强奸的犯罪事实了?"

李家爵慌里慌张道:"我不是故意的,我不是故意强奸她的,当时、当时我只是没忍住!"

黄朗道:"嚯,你没忍住?你没忍住你就能杀人?"

李家爵抬起头道:"杀人?我……我没杀人啊!"

我从物证袋里掏出三张死者生前的照片,摊在桌面上,推到他面前:"这三个人你认识吗?"

李家爵仔细看了看,而后摇了摇头说:"好像……不认识。"

黄朗笑了:"好像不认识?就是你,强奸杀害了这三个女青年。"

李家爵矢口否认:"我没有,我根本……根本没见过她们。"

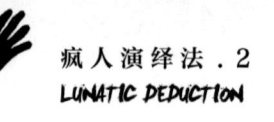

黄朗道："你一开始还承认了你强奸的罪行。"

李家爵道："我什么也没干！我根本就不认识她们！没有证据，你不能冤枉好人！"

这时，审讯室的门敲响了，黄朗走到门口，一名警员将文件袋递给他。黄朗领着文件袋，笑嘻嘻地坐了回来，对李家爵道："你要的证据来了。"

黄朗打开文件袋，从里面取出了DNA鉴定报告："不好意思，我们比对了你的DNA和三名死者阴道内提取的精斑的DNA，结果表明完全匹配。在现场发现的水瓶上的指纹，也与你匹配。通过这两项证据，即便你不承认，我们也能够让法院相信，就是你强奸杀害了这三名被害人。因为，这就是事实！"

李家爵摇着头道："你这是诬陷！我不承认，你也没有人证。"

黄朗道："我们现在的政策是重物证、轻口供，从来都不需要犯罪嫌疑人自己承认，因为凶手都会为自己做无罪辩护。至于人证，在铁证面前，已经微不足道！"

李家爵坚持道："我没有！"

我深吸了一口气对李家爵道："好，既然你说你没有，那你告诉我，三名死者的死亡时间内你在哪儿？"

随后，我把三名死者的死亡时间表递给了他："好好想想，想清楚了再说，别着急。"

黄朗补充道："对，想清楚了再说，因为你的每一句话都可能是呈堂证供。"

李家爵仔细地看着时间表，过了一会儿，他开口道："这三个时间段里，我、我都在社区里给三位老人做义工。"

黄朗道:"大晚上的你做义工,你哄三岁小孩呢?"

李家爵道:"真的,真的!你们可以去查!"

我和黄朗去了李家爵所说的社区,分别询问了李家爵所说的三位老人,这三位老人住在一起,平常很少出门,他们说李家爵这一个月来,每天晚上都会来他们家给他们做饭、打扫卫生,然后陪他们打麻将,每晚都会打到十二点离去。

我问:"他每天晚上都会来吗?"

第一位老人说:"是啊,每天都来。"

另外两位老人也如是回答。

我又问:"他就没有提前离开过?"

第二位老人道:"没有没有,我们这也不用手机,家里电视早就停了,交不起有线电视费。每天就只能打打麻将,娱乐娱乐。这不三缺一吗?我们就联系了社区,社区帮我们找到了李家爵,这小子一开始还不会打,现在已经是打麻将的高手了。"

第三个老人说:"是啊是啊,每天都打得忘了时间,一下子就十二点了。"

"有三个老人为他提供了不在场证明?"监狱里,罗谦辰听完我的叙述,对我道。

我点了点头说:"我查了,李家爵确实是社区一个月前安排给那三个老人的,他们之前并不认识,而且那三个老人中,两个都是部队出身,很有正义感,还有一个以前是个基层干部,所以他们不可能给一个非亲非故的年轻人做伪证,他们的证言是可信的。"

罗谦辰微微一笑道:"一切证人的证词都不可信,只有绝对的证

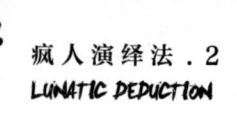

据，没有绝对的证言。"

我道："你的意思是说那三个老人撒了谎，他们在包庇李家爵？可是以他们的身份，他们应该不具备包庇李家爵的任何动机啊。"

罗谦辰道："也许他们并不是故意包庇。"

我道："你是说李家爵骗了他们，这怎么会？三双眼睛看着呢！"

罗谦辰道："我就问你，老人们不用手机，也不看电视，他们依靠什么判断时间？"

我道："手表，有一位老人戴了手表。"

罗谦辰问："还有呢？"

我道："家里的时钟。"

罗谦辰道："这是一个很简单的作案手法，简单到几乎被一系列推理作品用烂的手法。但这种手法，是最具备在现实中实施的可能性的。李家爵一个月来，都在陪三位老人打麻将，每次都打到凌晨十二点才准时离去，这就给老人家们养成了一种时间上的惯性，认为李家爵每次的离去，一定是在凌晨十二点。老人的家里，除了一块手表和墙上的一块挂钟，没有任何其他可供时间参考的工具，所以，李家爵只需要悄悄将墙上的挂钟和老人手表上的时间均调快两小时，那么一切也就大功告成了。"

我道："你的意思是说李加爵有三次都是十点出门，而老人家们作为时间参考的时钟显示的是十二点，再加上长期养成的时间思维惯性，导致老人家们坚信李加爵是十二点才离开的，对吗？"

罗谦辰点了点头道："是的。李家爵只需要在第二天做义工的时候，悄悄地将老人家的时钟调整回正确时间，就不会有任何问题。"

我深吸了一口气道："那么这样，李家爵就具备作案时间了！再结

第十个案例
鸢尾花的复仇

合现场发现的铁证,凶手就是他无疑!"

可是正当我以为事情就是如此的时候,案情发生了重大转折。

片区民警在一次扫黄行动中,抓获了一批性工作者,其中一名叫阿娇的,在审讯中交代了一个至关重要的情况。

阿娇说:"那天有个女人找到我,她让我往一间出租屋里塞小卡片,卡片上写我的联系方式。她给了我一笔钱,但是向我提了一个要求,让我在完事之后,把避孕套里的精液交给她。我从没见过这种要求,但是看在钱的分儿上,我答应了,我想这女的可能是有什么变态的特殊癖好吧。没两天,我果然接到电话,到了那间出租屋,就和屋里的那个男的发生了关系,之后我就把她要的东西给了她。对了,还有一瓶那个男的喝过的矿泉水,我也给了她。"

我们根据阿娇的供述,去了那件出租屋,发现那正是李家爵居住的出租屋。

黄朗道:"如果是这样,那凶手很有可能和阿娇说的那个女人有关。她杀了那三名被害人,为了伪造现场,嫁祸于他人,她提前提取了李家爵的精液,而矿泉水瓶上的指纹,也是李家爵在和阿娇发生关系时,喝水留下的。她逼迫死者吞下紫色鸢尾花,继而用尼龙绳勒死了死者。然后,她利用买来的情趣用品,疯狂地捅入死者的私处,这也就造成了阴道受到暴力性侵的扩张性形态的诞生。而后,她可能利用注射器之类的东西,将一小部分精液射进死者的阴道内,并假装用水清洗,以故意体现她所要嫁祸的李家爵的反侦查能力,实际上精液依旧残留在阴道内。"

我们根据阿娇提供的线索,很快抓到了那个女人。

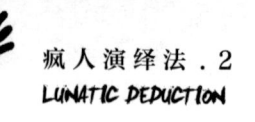

疯人演绎法.2
LUNATIC DEDUCTION

　　女人名叫欧雪，五十岁，年轻的时候是跆拳道教练，十年前开了一家二手手机回收店，至今还在营业。

　　当我们抓到她时，她没有丝毫反抗，在审讯室里，她对自己的罪行供认不讳。

　　欧雪垂着头道："我就是要杀了那三个女人，我也必须让那个男人受到强奸杀人罪的惩罚！"

　　我问："你的动机是什么？你跟他们认识吗？"

　　欧雪摇了摇头道："之前不认识，但就在半年前，我收到一部坏掉的二手手机，把它修好后，看到了里面的一段视频，才得知了女儿自杀的真相！"

　　我问："我们能看看那个视频吗？"

　　欧雪摇了摇头道："我不能给你们看。"

　　我道："我们是警察，我们必须了解案情的真相。"

　　欧雪陷入了沉默当中，过了好一会儿，她开口道："手机就在我家里，一部蓝色的诺基亚。"

　　我派人去了欧雪家中，取到了那部手机，播放了里面的视频。

　　视频内容，令我无法喘息。

　　视频拍摄时间显示为四年前，画面一开始是在一间屋子里，有一张床，一个女孩被五花大绑、一丝不挂地躺在床上。

　　三个女孩站在一旁嘻嘻哈哈。

　　我认出那三个女孩，正是这三名死者，只是画面中的她们显得比现在更年轻，按时间推算，当时她们都只有十八岁左右。

　　蔡美嘉道："啧啧啧，某些人不就是成绩好吗？在学校的时候，成天跟我们装×！"

鸢尾花的复仇

胡月道:"是啊,装个什么×呢?高考还不是考砸了?"

周佳佳笑了:"虽然我跟她不是同学,但我在学校里,也最讨厌这种人!姐妹们,咱们怎么处置她呀?"

三个人商量了一会儿。

蔡美嘉道:"不如这样,我们打个外卖电话,手机悄悄放在窗帘后边,透着缝隙,可以拍到房间里的情形。你们说,那个外卖员来了,看到一个裸女躺在床上,会怎么样啊?哈哈哈哈哈!"

三个人笑了起来,床上的女孩听到后,哭了起来:"放过我吧,求求你们放过我吧!"

蔡美嘉上去扇了她一耳光:"哼,放过你?你在学校里没少让老师罚我们的站,那时候你怎么不求我们啊?"

胡月说:"少跟她废话,把她的嘴贴上!"

随后,她们用大力胶把女孩的嘴给贴上了。

蔡美嘉拨打了电话:"喂,是炸鸡店吗?对对对,送一份炸鸡过来,地址是……"

随后,三个人讥笑着离开了房间,还故意将门虚掩,没有锁上。而手机镜头则被隐藏在窗帘的缝隙后面。

二十分钟后,门外传来敲门声,床上的女孩开始挣扎,发出动静,似乎是在求救。

一个戴着头盔的男性外卖员提着一盒炸鸡推开虚掩的门,走了进来,他看到床上的一幕,显然被惊呆了,松了手,炸鸡跌落在地上。

外卖员在原地愣了好一会儿,转身朝门走去,可是他并没有离开,而是关上了门,将门反锁,还挂上了锁链。

随后,他走了过来,摘下了头盔,那一刻,我看清这个外卖员正

231

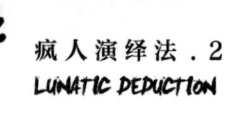

是李家爵！

　　而后，他脱掉衣服，上了床……

　　面对视频，李家爵陷入了沉默当中，最后，他开口道："我当时、我当时……没忍住，我真的……没有和女孩子发生过关系，当时真的没有，那一刻就像是做梦一样，就想、就想……于是就……"

　　欧雪哭着说："我本来以为我女儿是因为高考失利上吊自杀的，可是看了视频才知道是因为这种事情。我真的没想到，真的没想到啊！"

　　我问："你是如何查到他们几个的？"

　　欧雪哽咽道："我找到那个卖给我们店那台诺基亚的顾客，他跟我说那手机是他前女友的，而他前女友就是胡月！我顺着这个关系，就查到了她们三个！而李家爵，我只需要查询那家炸鸡店，很容易就获得了他的身份！"

　　我问："那么，你为什么逼迫她们吞下紫色鸢尾花？"

　　欧雪道："因为我女儿在自杀之前写下的遗书上，画了一朵紫色的鸢尾花！我觉得那代表着复仇，女儿希望我复仇，只是我当时没看懂！"

　　我问："那么，如果我没猜错，你杀害三名死者的那根尼龙绳……"

　　欧雪道："就是我女儿上吊自杀用的那根！我要她们全部去死！"

　　她声嘶力竭地喊出了这句话，带着一个脆弱母亲的全部愤怒，最后她的整个身子瘫软在了椅子上。

　　她再也无法落泪，因为她哭干了最后一滴眼泪。

　　我问："为什么不带着视频报警？我们警方会依照法律制裁她们，你完全不必这么做。"

　　她眼神木然，缓慢地摇了摇头道："我要让她们承受那份屈辱，我要亲手替我女儿完成这场复仇!"

我道:"其实鸢尾花的花语是'希望',你女儿希望你能坚强地活着。"

她只是目光呆滞地盯着某一个空荡荡的地方,不再说话。

最终,欧雪被以故意杀人罪被提起公诉,而李家爵也因涉嫌强奸罪被提起公诉。

案情告一段落后,我来到监狱,见到了罗谦辰,我对他说:"这次你的判断出现了严重失误。"

罗谦辰微微一笑道:"我知道。"

我道:"看来你看到关于这个案子的新闻了。"

罗谦辰道:"我在监狱里,可没新闻可看……"

我道:"那你为什么说你知道……"我突然明白了什么,"等一下,鸢尾花和尼龙绳具备特殊含义,这些你都推理正确了,你当时想要说什么却欲言又止,难道说从一开始你就知道……"

罗谦辰没有说话,只是饱含深意地看着我。

我继续道:"那你为什么要做出错误的推理?"

罗谦辰凝视着我的双眼道:"你觉得这算一个错误吗?人有的时候,需要尊重自己内心的公义。"

图书在版编目（CIP）数据

疯人演绎法 . 2 / 方洋著 . -- 北京：中国友谊出版公司, 2020.9（2022.1 重印）
　ISBN 978-7-5057-4961-0

Ⅰ . ①疯… Ⅱ . ①方… Ⅲ . ①长篇小说－中国－当代 Ⅳ . ① I247.5

中国版本图书馆 CIP 数据核字 (2020) 第 128875 号

书名	疯人演绎法 . 2
作者	方　洋
出版	中国友谊出版公司
发行	中国友谊出版公司
经销	新华书店
印刷	三河市冀华印务有限公司
规格	880×1230 毫米　32 开 7.75 印张　173 千字
版次	2021 年 6 月第 1 版
印次	2022 年 1 月第 6 次印刷
书号	ISBN 978-7-5057-4961-0
定价	45.00 元
地址	北京市朝阳区西坝河南里 17 号楼
邮编	100028
电话	（010）64678009

如发现图书质量问题，可联系调换。质量投诉电话：010-82069336